Erhard Scherner

W0281952

Der chinesische Papagei

Erzählung

verlag am park

Ich werde dir mein Lied geben,
man besingt, was man verliert,
mit einem grünen Papagei,
der es in einem Balkon aufsagt.

Antonio Machado

Als Mugele sich im Spätsommer Siebenundfünfzig in Peking einen grünen Papagei kaufte, ahnte er nicht, wie sehr sich sein Leben ändern könnte, womöglich das Sterben auch. Mit dem Shuttle-Bus des Betriebes war er mit fünf, sechs Kollegen mit der Einkaufstour in die Innenstadt gefahren. Doch heute war partout nichts zu besorgen, was es nicht auch im Magazin des Stadtviertels zu kaufen gäbe. Mugele genoss es, sich innerhalb der gewaltigen Stadtmauer, die zur Ehre Pekings noch immer stand, ohne Ziel durch die seit Urzeiten quadratisch geordneten Straßen und Gassen zu schlendern, hier in einem finsteren Antiquariat ein vergessenes Buch aufzuschlagen, dort ein Weilchen einem Handwerker zuzuschauen.

Inbrünstig sangen die Zikaden ihr Sommerlied in den Silberpappeln, als könnte ihr Gesang nie brüchig werden und nach einem eisigen Windstoß jäh verstummen. Noch wärmte der Wüstenwind Straßen und Gassen. Der zähe, fast behäbige Menschenstrom am Abend, dunkelblau im Grundton, gespeist aus Ämtern, Läden, kleinen Werkstätten, wälzte sich an sperrigen Verkaufsständen vorbei. Mütter mit Kindern an der Hand, auch Halbwüchsige, brachten Farbe in das Blau. Väter, mit sorgfältig geschnürten Paketchen Obst in Händen, dominierten das Bild. Irgendwer, wiewohl die Saison vorbei war, trug noch eine Melone nach Haus.

Mugele sieht sich in die inzwischen völlig überforderte Wangfujing einbiegen. Hier verknäulen sich fast die Ströme der Fußgänger und der Radler, den überfüllten Bussen alle Chance nehmend, akkurat anzukommen. Beim Großen Sprung, der das ganze Land in Atem hält, stehen die Busfahrer im Wettbewerb, höflich zu sein, unfallfrei und eben auch pünktlich. Die aus allen Nähten platzende Wangfujing mit ihren Bücherläden, Theatern und Druckereien, von den Kunstfreunden außerordentlich geschätzt, bringt alles durcheinander. Der Bauer freilich, am Straßenrand auf seinem Karren hockend, vom Trubel irritiert und zugleich, wie es schien, ein wenig melancholisch, gehört nicht ins gewohnte Bild. Hat er den Vogelmarkt nicht gefunden? Mit einem Handtuch wischt er sich den Schweiß von der Stirn, lässt dabei seinen Weggenossen, einen angeketteten grünen Papagei, nicht aus den Augen. Der klammert sich mit dem Schnabel an einen kupfernen Metallbügel. Kinder drängen herbei, lachen, schneiden Fratzen vor dem Vogel, wie Kinder tun, rufen was, warten vergeblich auf Antwort. Sind auch nicht wegzuscheuchen, dazu ist der Mann zu alt.

Mugele sieht den schönen Vogel, drängt sich durch den Menschenstrom, hält ein, will sich weiter davontreiben lassen, verharrt, einen Augenblick zu lang. Sieht den elegant gestreckten Körper des Papageien mit langem Schweif, grün im Ganzen, grauviolett schimmernd an Brust und Bauch. Drüber, durch ein breites schwarzes Kehlband abgehoben, der prachtvolle Kopf. Den ziert ein schwärzlicher Streif zwischen dunklen Augen, unübersehbar der karminrote Schnabel. Mugele ist entzückt. Hört den Ruf der Händler nicht mehr, nicht das Zirpen der Zikaden. Sieht nur den grünen Papagei mit rotem Schnabel auf einem Bauernkarren.

»Wie heißt der Vogel?« fragt Mugele.

»Er heißt yingwu«, sagt der alte Mann.

Nun ist Mugele nicht schlauer, denn yingwu heißt die ganze Gattung. Aber er würde schon alles rauskriegen. Vom chinesischen Film her kennt er diese Papageien, gehören sie doch zum Interieur, wenn die gehobenen Klassen von einst vorgeführt werden. Und ein smarter Gentleman mit öligem Haar ist dann nicht weit, tritt ins Zimmer, der grüne Papagei kreischt auf, der ungebetene Gast fläzt sich schräg auf die Chaiselongue, zündet sich lässig eine Zigarette an, pafft. Künftig, todsicher, erweist der sich als der Agent. Filmkunst anno 57.

Der Papagei auf dem Bauernkarren kreischt nicht auf. Mugele fasst Vertrauen zu dem alten Mann.

»Ist es ein Männchen oder ein Weibchen?«, fragt er.

»Ein Männchen. Du siehst es am Schnabel. Weibchen sind etwas größer. Sie haben den Schnabel schwarz.«

»Wie füttert man den Papagei?«

»Früchte und Körner frisst er, auch Nüsse«, sagt der Mann, »Sonnenblumenkerne mag er sehr«.

»Und woher kommt er?«

»Woher kommt er … Er lebt in Bergwäldern, von Tibet bis nach Indien hin. Hitze verträgt er, Kälte auch. Meiner hier stammt aus Sichuan.« Er sagt es unaufgeregt und langsam, als wollte er Abschiedszeit gewinnen.

Ja Zeit, die bräuchte jetzt Mugele. Um nachzudenken. Die Frist, die er, ganz ohne Papagei, machen wir uns nichts vor, Mao getreulich gedient hat, war begrenzt, lief im kommenden Jahr ab. Die Dienstwohnung – groß genug ist sie ja. Die gestrengen Kader vom Zoll, auf allen Seiten die, fielen ihm nicht einmal ein. Nur Wortfetzen wie »Der gute Papagei aus Sezuan« schwirrten ihm durch den Kopf. Eher flüchtig dachte Mugele an seinen Jungen, den die Kinderfrau heute bestimmt schon zu Bett gebracht hat. Mit seinen drei Jahren ist Peter für diesen kräftigen Kerl doch ein bisschen klein. Wird aber heranwachsen.

»Wie alt ist der Papagei?«, fragt Mugele.

Für eine ungenaue Antwort hätte der Mann viel Spielraum, könnte drei Jahre sagen oder dreißig. Auch mehr. »Er ist jung«, sagt der, »ist zwei Jahre alt.« Und nennt endlich seinen Preis für den Vogel.

Mugele überschlägt: Die Summe – nun ja, der Monatslohn eines chinesischen Arbeiters. Für den Ausländischen Experten Konstantin Mugele ist das erschwinglich. In ein paar Monaten geht es nach Hause. Für den Neustart daheim wird er über keine Rücklage verfügen, so ist es schon ein Sümmchen. Aber er denkt nicht nach. Der Bauer hätte jeden Preis nennen können, so blind und vernarrt war Mugele bereits. Dieses schöne Tier sollte sein werden, Gefährte und Lebensbegleiter. Und gefeilscht wird nicht, hier ist Revolution. Da wird bezahlt.

Mugele bekommt noch ein Tüchlein, das er locker um den Papagei legt, schiebt ihn, so ungewohnt das auch ist, ins Hemd an seine Brust. Er spürt, wie rasend schnell das Herz des Vogels schlägt. Nur keine Furcht, du kennst dein Schicksal nicht, ich nicht das meine.

Heute wird er nicht erst zum Betriebsbus zurückkehren. Die Rickschafahrer mit ihren Dreirädern kutschieren sehr zuverlässig und kennen den kürzesten Weg durch die Gassen, durchs Fucheng-Tor raus aus der Innenstadt und rein ins Millionendorf. Auch muss der Papageienkauf nicht gleich an die große Glocke gehängt werden, denkt Mugele. Aber geht das unter Chinesen? Und mit ausländischen Nachbarn, die stets zu einem Spaß aufgelegt sind? Isa jedenfalls, seiner Frau, die eine Weile in Schanghai Feldforschung für ihre Examensarbeit betreibt, würde er es erst mal nicht schreiben.

Zhang-Ai, die Kinderfrau Zhang, wittert Gefahr. Sie ist nicht begeistert vom neuen Hausgenossen.

Der Bager, was so viel wie schwarzes Vogelvieh heißen mochte, dürfe nicht zu Bide ins Kinderzimmer, auf keinen Fall. Und schleunigst müsse ein richtiger Käfig her. Das musste Mugele zugestehen.

Tatsächlich war der Junge beim ersten Freiflug des Vogels, als der unversehens von der Gardinenstange abhob, erschrocken unter den Tisch geflüchtet. Das gab sich bald, denn ein Chinapapagei ist ein eleganter Flieger, zieht seine Kurve und sucht zielgenau den Sitzplatz. Peter beobachtet es und zieht seine Schlüsse. Schon nach ein paar Tagen führt er die Kindergartenkinder, mit denen er morgens in Rikschafahrer Fengs schützenden Kastenwagen klettert, vor den neu gekauften Käfig und schiebt dem Papagei tapfer ein Stück Apfel durch die Stäbe.

Der packt es mit dem Schnabel, greift zu mit der Rechten und speist. Speist quasi schmatzend, denn es fällt eine Menge zu Boden. Und nun will jeder, ob Engländer, Franzose, Japaner, ob aus Nepal oder Indonesien, dem Papagei ein Apfelstück spendieren, ehe sie mit der Neuheit »Die Deutschen haben einen Vogel!« in alle Richtungen ausschwärmen. Hatten auch Grund aufgeregt zu sein. Damals hielt man keine Vögel im Haus, mal von den unbelehrbaren alten Männern abgesehen. Die fuhren mit dem Fahrrad oder per Schubkarre ihre Singdrosseln in runden Bambuskäfigen, fest verhüllt mit dunkelblauem Tuch, zum Park und hängten sie in die Bäume, eine glänzende Beschäftigung für alte Männer. An frischer Luft weiden sie ihren Sänger, der gewiss besser tönt als die Singdrossel des Nachbarn. Man hatte keine

Hunde in der Hauptstadt und kaum eine Katze im Kiez bis auf die sehr schöne und wohlgenährte von Eric und Patience.

Aber schwarz, ein Bager, war der grüne Geselle nun wirklich nicht, mal vom zierlichen Stirnstreifen und dem kräftigeren Kehlband abgesehen – gewiss der schönste Papagei in Peking. Die Kinderfrau, die nimmt sich was raus. Sollte er schimpfen? Aber zu Peter, der hier Bide heißt, ist sie lieb und fürsorglich.

Bager! Bager! Guckt sie nicht richtig hin? Selbst die Füße des Vogels tragen dezentes Grau. Und wie klar und gut die Augen blicken. Die, zugegeben, sind schwarz. Freilich nicht immer. Rasch hat Mugele rausgekriegt, wann der Vogel die Iris zusammenzieht und die Augen gelb aufleuchten. Heißt: Bin erregt. Lasst mich jetzt in Ruh. Das hält Mugele für einen bedeutenden Vorzug des Chinapapageien gegenüber der Menschengattung. Beim Zweibeiner siehst du gemeinhin nicht, ist er freundlich gesonnen oder schlecht gelaunt.

Am Vormittag läuft Mugele dem Kaderchef über den Weg. Der stammt aus dem staubigen Tientsin. Unbewegten Gesichts sagt er: »Guten Tag, Genosse Mugele. Ihre Abteilung schätzt, wie ich höre, Ihre Mitarbeit. Ich rate nur, darauf zu achten, dass Sie fit bleiben, na ja, und sich in Ihrer Freizeit nicht durch Kindereien ablenken lassen, Sie verstehen.«

»Meine Freizeit macht mir keinen Kummer«, entgegnet Mugele. »Sorge macht mir meine Arbeitszeit. Sie verliefe angenehmer, wenn die Texte, mit denen wir arbeiten, lebendiger wären, auch etwas lustiger.«

»Die Zeit, die wir durchleben, ist nicht sehr lustig«, wendet der Personalchef ein. »Wir kommen in eine Phase des ideologischen Kampfes, die alle Anstrengung abverlangen wird. Die jugoslawischen Revisionisten und ihre Anhänger geben nicht auf, im Gegenteil. Die Rechtselemente wittern Morgenluft. – Betrachten Sie auch die militärische Lage bei Quemoy. Wieder musste unsere Nationale Volksbefreiungsarmee den Truppen Tschiangkaischeks aus vollen Rohren eine Lektion erteilen. Haben Sie den Regierungssprecher gehört? Vor zwei Stunden wurde dem Regime auf Taiwan ›Die 121. sehr ernste Warnung‹ ausgesprochen. Das registrieren Sie doch, Genosse Mugele?« Und noch immer das undurchdringliche Gesicht, das nicht erkennen lässt, ob sich die Sache nun erledigt hat.

Ein Chinapapagei, wenn der sich gestört fühlt, zieht die Augen zusammen und, kann sein, hackt mal mit dem Schnabel, und gut. Das ist ehrlich, denkt Mugele.

Als er sich etwas beruhigt hat, überlegt er: Was die sich nur denken. Und ob er bemerkt hatte, dass was im Busche liegt! Noch schaffen Kutscher mit ihren Eselkarren heran, was Häuser und Küche, vor allem die große Kantine verlangen. Bis in den Hof werden ganze Berge der in der Sonne getrockneten Presskohle geliefert, auch auf Kamelrücken treffen die Waren ein, was immer neu die Kinder entzückt. Wie eh und je, den Bambuszaun entlang, rufen die

Handwerker ihre Dienste aus, ein großer Singsang. Aber die Qigong-Übungen in der Früh, im Hofe zu Musik vom Tonband, an denen sich Mugele beteiligte – plötzlich ausgesetzt. Stattdessen: Exerzierübungen für die chinesischen Mitarbeiter. In Radio und Zeitung heftige Vorwürfe gegen Titos Jugoslawien und seine KP. Merkwürdig, merkwürdig. – Mugele fällt der von den Russen erst vor ein paar Jahren übergebene »Sowjetpavillon« ein. Mit dem Trolleybus fährst du bis vor die Tür. Auch wenn keine Ausstellung stattfindet, hier gibt es in angenehmem russischen Ambiente eine Soljanka mit einem kostbaren Stück Schwarzbrot zu speisen, wo gibt es das sonst? Plötzlich in Peking-Pavillon umbenannt. Warum nicht, denkt Mugele. Aber warum? – Und was hatte sein Papagei mit dem Schusswechsel auf den vorgelagerten Inseln zu tun?

Mugele merkt aber auch, wie sein neuer Hausgenosse Herzen öffnet, ein Lächeln, ein gutes Wort hervorzaubert. Schon bei den unmittelbaren Nachbarn. Der asketische Eric Edney zum Beispiel, ein Hüne, ist recht verschlossen, scheint's. Wohnt übern Flur mit der Katze. In Spanien hat er wie seine Frau auf Republikanischer Seite gekämpft, Patience als Krankenschwester im Clement-Attlee-Bataillon. Sechsundzwanzig ist sie, als sie 1937 im Februar Verwundete birgt und verbindet. Die Orte ihrer Hospitäler Valencia, Brunete, Tereul, das Höhlenkrankenhaus am Ebro – Brennpunkte des blutigen Krieges. Ohnehin sind die beiden froh, dass ihr

Robert, der kleine Bobbi, mit Peter so nah einen Spielgefährten hat. Im Kreis der ausländischen Mitarbeiter ist Patience eine Institution, weit über den Kreis der Frauen hinaus.

Eric, der Schweigsame, der kein Wort Deutsch spricht, kommt herüber, beäugt den Vogel und fragt mit seiner knorrigen tiefen Stimme: »Weißt du, was wir uns damals über Hitler erzählten?«

Das weiß Mugele nicht.

»Fliegen zwei Papageien über die Stadt Hamburg«, sagt er. »Unten ist ein großer Auflauf. Sagt der eine: ›Sieh mal, der Führer spricht.‹ Fragt der andere zurück: ›Worauf warten wir noch!‹ That's very British.«

Ein Wort weckt das andere, und schon kommt es zum Gegenbesuch. Eric zieht aus der Schublade ein gilbendes Konvolut. »Später war ich mit der *army* nach Deutschland rein, dann südlich Hamburg stationiert, Munsterlager. Es war schrecklich langweilig. Da habe ich mir Wörterbuch und Grammatik gekauft und den ›Faust‹ ins Englische übersetzt. Guck dir's mal an«, sagt Eric Edney, der Spanienkämpfer.

Ach Eric, denkt Mugele, hast einen Krieg verloren, einen Krieg gewonnen. Hast in Peking den Faust in der Lade. Und zu Hause noch immer nicht das freie Volk auf freiem Grund.

Mugele denkt an Ayo O., schwarz wie Ebenholz, Berater in der ominösen Strategiekommission, grüßt strahlend mit Hallo und vermag so herzhaft zu lachen, aber bislang war mit ihm kein ernsthaftes Wort zu wechseln. »Du hast einen Papagei«, sagt er nun, »darf ich ihn mal sehen?« Kommt, taxiert ihn, lässt ihn vorsichtig auf seine rechte Hand klettern, krault ihm gar die Kopffedern, dass deutlich ein feiner Staub aufsprüht. Das gefällt dem Vogel.

»Konstantin, du musst ihn ab und an unter die Gießkanne halten, wirst sehen.« Und erzählt von den Papageien und den Regenschauern in Uganda. Hat plötzlich Zeit, viel Zeit. »Weißt du eigentlich, wer unter den Papageien der Klügste ist, geradezu ein Sprachgenie? Du weißt nicht, was die ganze Welt weiß? Ein Afrikaner ist's, unser Graupapagei!«, und lacht wieder so herzhaft, dass Mugele es fast glaubt.

Professor Feng Zhi, der Dichter, kommt unversehens, gegen alle Konvention. Heute erscheint er im blauen Anzug der Kader, im streng geknöpften Jackett der obligate Füllfederhalter. Da ist er der Direktor der Deutsch-Sektion an der Fremdsprachen-Hochschule. Fragt, ob er zwei seiner Beststudenten vorbeischicken dürfe, die sehr begabt seien. Durch das häufigere Gespräch mit Muttersprachlern könnten sie große Förderung erfahren.

Mugele sagt zu.

Angekündigt kam Professor Feng Zhi nie. Vor dem Weihnachtsfest, das man anno 56 im Mittelreich kaum kannte, gar feierte, tauchen er und Gattin mit einer Art Tanne in den Händen auf. Bide solle nichts entbehren.

Über den Besuch ist Mugele glücklich, eine Seele von Mensch im Haus und hochgelehrt. Feng Zhi hatte einstmals in Heidelberg studiert. In Beijing hat er die literarische Vereinigung Die versunkene

Glocke begründet und hat in China das Sonett bekannt gemacht. Er ist es, der die Gedichte des letzten deutschen Romantikers ins Chinesische übertrug. Sein Heine-Buch hat einen Ehrenplatz in der Wohnung der Mugeles, leider kann Konstantin es nicht lesen.

Vom Papagei weiß Feng Zhi nichts, bis der vom Nebenzimmer her durch Klopfen auf sich aufmerksam macht. »Es ist ein wunderschöner Vogel, den Sie da als Hausgenossen haben«, sagt der Professor mit weicher Stimme. »Er braucht Liebe und – Freiheit.«

Das stimmt, das stimmt genau, denkt Mugele, und zugleich: das fehlte noch. Tröstet sich aber: Peking hat keine Wälder. In den nahen Duftbergen mit ihren Kiefern und den im Herbst erglühenden Ahornbäumen gibt es keine Papageien ...

»Spätestens seit der Tang-Zeit gehört der rotschnablige Papagei zu unserer Kultur«, erläutert Feng Zhi. »Schon Du Fu hat ihn im Gedicht verewigt, und das ist über zwölfhundert Jahre her.« Geschlossenen Auges, halb flüsternd, halb singend, memoriert Feng Zhi ein Gedicht. Mugele könnte stundenlang lauschen, aber es sind nur acht klassische Verszeilen. Mugele greift nach Stift und Papier und setzt sich erwartungsvoll links neben den Professor, wie er es vor Jahresfrist eine Sommerwoche lang schon mal getan.

Der erinnert sich, schmunzelt sanft, sagt aber: »Es ist wie mit leichter Hand geschrieben, zugleich ein tiefes, doppelbödiges Gedicht. Solche Vollkommenheit in Versmaß und Strenge des Gedankens, das war der Vorzug der Alten. Das bleibt unerreichbar. Ich weiß nicht, wie man es übersetzen sollte.« Und dann versucht er es doch, sagt Zeile für Zeile an. Mugele lässt die Verse in sich hinein, fragt zurück und notiert. Feng Zhi akzeptiert, dass die Reime des Originals dem deutschen Gedicht Zwänge auferlegen könnten, sagt schließlich: »Na, so ungefähr.«

Der Papagei

Von Du Fu

Der Papagei hegt traurige Gedanken,
ist viel zu klug, die Trennung zu verwinden.
Das grüne Federkleid – schon ganz zerrupft.
Sein roter Schnabel weiß zu viel.

Nicht einen Tag tat sich der Käfig auf.
Leer ist der Zweig, der ihm einst Schlafplatz war.
Bedauert und geplagt von jedermann –
was braucht er da ein prächtiges Gewand?

»Wenn Sie sich einmal mit Du Fus Dichtungen näher befassen, ich wünschte es Ihnen, werden Sie das wechselvolle Leben des Poeten verstehen, Jahre getrennt von den Seinen, ewig auf der Flucht«, sagt Feng Zhi. »Bedauert und geplagt von jedermann – das stimmt schon.«

Nun sitzen sie, wie vor einem Jahr, wieder Stuhl an Stuhl, Feng Zhi im Kaderanzug, Mugele wie damals mit Kladde und Stift in Händen, und lachen. Der Text ist vorzüglich! Und ausgerechnet ist es ein

Papageiengedicht, an dem seit einem Jahrtausend nichts zu verbessern ist.

Was für ein gutes Miteinander, denkt Mugele, wenn doch die Hochschule den Dichter nicht auffräße. Ihre Begegnung vergangenes Jahr – das war hochinteressant und aufschlussreich, aber doch eine Ausnahmesituation. Grad angelangt in China, begegnete Mugele einem sozialistischen Land im Aufbruchselan, einem souveränen Land, das der Korruption an den Kragen will, das Diebstahl ächtet, Trinkgeld, all das feudale Gehabe. Und er, Mugele, muss nachts die Wohnungstür nicht schließen. Das Monatsgehalt, ein Geldscheinbündel, nur mit dem Lohnstreifen zusammengehalten, tragen pfeifend zwei Bürojungen mit dem Wäschekorb aus, werfen es zielsicher von der Tür her Mugele zu. Und Hundert Blumen blühen, hundert Schulen streiten miteinander, ein Volk im Glückstaumel, einfach ansteckend.

Und die Partei Maos zog in Peking öffentlich Bilanz vor den kommunistischen Parteien der Welt. Mugele hat es vor den Augen als geschähe es heute: VIII. Parteitag. Die Delegierten aus allen Provinzen und Regionen Chinas treffen in der Hauptstadt ein, die ersten Gäste aus fünf Erdteilen reisen an – da sirrt und schwirrt es bereits im Zentralen Übersetzerbüro, klappern die Schreibmaschinen, eilen die Kuriere mit den Mappen Streng vertraulich von Tisch zu Tisch: Die Übersetzung des Rechenschaftsberichts steht an, nun unter viele aufgeteilt in vielen Sprachen. Aus Kanton ist Klara Blum angereist, um zu helfen, und man sieht es ihr an, wie gern sie den Parteiauftrag erfüllt. Mugele ist als Muttersprachler dem Literaturprofessor Feng Zhi attachiert, um für die deutschsprachigen Delegationen gewissenhaft das Chinesisch der Partei ins deutsche Parteichinesisch zu übersetzen.

Vorlauf muss sein, wenn die Genossen Walter Ulbricht, Max Reimann, Johannes Koplenig und die Ihren simultan und authentisch unterrichtet werden sollen. Vom chinesischen Politbüro zu den Dolmetschern, dann zum Schreibbüro, weiter zur gestrengen Textrevision wandern die Skripte. Ein schwieriger Prozess. So sehr Professor Feng Zhi und Mugele sich Mühe geben, den neuen Begriff »die Massenlinie einhalten« zu umschreiben, gar zu ersetzen – die Massenlinie kommt unweigerlich auf sie zurück. Nun ja.

Am dritten Morgen – der Parteitag ist noch nicht eröffnet – werden erste Diskussionsbeiträge geliefert. Am Nachmittag gibt es tiefgreifende Veränderungen an denselben, die unverzüglich einzuarbeiten sind. Wer plappert da wem vor? Feng Zhi und Mugele, zwei noch sehr unerfahrene Genossen mit vielen Relikten aus der alten Gesellschaft, blicken sich an, sagen kein Wort.

Und war am Ende doch ein besonnter Parteitag mit besonnenen Beschlüssen. Ulbricht lässt an Kabine und Übersetzerbüro seinen Dank ausrichten, lässt sich dann zu der ehrwürdigen Peking-Universität fahren. Dort besucht er die deutschen Studenten. Freiweg referiert Walter Ulbricht über die ökonomische Entwicklung daheim, nennt Eckziffern und stellt sich den Fragen. Überraschend schließt er seinen Exkurs mit der Bitte: »Wir haben euch hierher geschickt, damit ihr von China so viel wie nur möglich lernt. Also viel Erfolg beim Studium.«

Ein gutes Jahr war angesagt, aber es wird kein gutes Jahr werden. Die Welt draußen wird lauter. Und im Innern? Der Parteitag hatte den kontinuierlichen, systematischen Aufbau einer sozialistischen Gesellschaft als Ziel gesetzt – von Großer Sprung nach vorn, von Kampfversammlung, Den Lehrer übertrumpfen und Dazibao war nicht die Rede. Ja, auch diese Zeitungen der Großen Schriftzeichen schreien. In Mugeles Betrieb hingen sie an allen Wänden, in allen Fluren. Schon waren durch die Kantine kreuz und quer Schnüre wie Wäscheleinen gespannt, um weitere Kritiken aufzunehmen, Erwiderungen ebenso, alle mit großen Zeichen auf Zeitungspapier gemalt. Am Eingang des Betriebes eine Tafel mit den Namen der Eifrigsten: Kollege Wang Li – 89 Stück. Hat das Sinn?

Was ihn, Mugele, quälte und hellwach machte, quälte gleicherweis die Genossen aus den verschiedenen Ländern der Welt, legale und illegale. Bestürzend die Nachrichten aus Ungarn, Bürgerkrieg in den Straßen von Budapest, sowjetische Panzer im Gefecht. Und, fast gleichzeitig, nachdem die neue ägyptische Regierung den Suezkanal verstaatlicht hatte: britische und französische Truppen landeten in Nordafrika, bombardieren den Kanal. Mit dem Hinweis, ihre Raketen könnten auch London und Paris erreichen, reagierte die Sowjetunion und warnte vor einem Einmarsch in das neue Pharaonenreich. Es roch nach Krieg. Selbst die USA rieten ihren Verbündeten von einer Invasion ab. In Peking wälzte sich ein gewaltiger Protestzug der Hauptstädter zur britischen Vertretung. Patience, tief im Herzen Tanks verabscheuend, gab den Unseren das Aufbruchsignal. In der brodelnden Masse der Pekinger unser Sprechchor. Vor dem Eisengitter der Gesandtschaft unterstützten wir die Englischabteilung, auch Balap und Om Parkash, die zwei indischen Kollegen, die sich beim Skandieren verhaspeln. Die Eisenstäbe – gespickt mit drastischen Bekundungen. Ein junger Attaché schleppte hastig Dutzende Protestresolutionen ins Haus. Wir riefen, was Patience auf der Straße mit uns eingeübt hatte:

One, two, three, four,
we don't want war.
Five, six, seven, eight,
we say: Negotiate!

Ja verhandeln! Kein Atomkrieg!
Vor die sowjetische Botschaft zogen wir nicht.

Der Papagei hat sich eingewöhnt, lebt schon zwei Monate bei den Mugeles. Er freut sich, wenn Besuch kommt. Noch bevor die Haustür knarrt, knarrt er bereits, ein Wächter, der jeden Gast zeitig meldet. So müssen die berühmten Gänse Rom gerettet haben.

Aber einen Namen hat er noch nicht. Weder kennen die Mugeles seine wissenschaftliche Bezeichnung, Gattung, Untergattung, Spezies, noch kennt der Papagei den künftigen Rufnamen. Es soll ein leicht zu lernendes Wörtlein sein. Mugele zieht Jakob in Erwägung. Tritt in die Wohn- und Arbeitsstube, sagt zum Käfig gewandt: »Guten Morgen, Jakob.« Und noch einmal: »Guten Morgen, Jakob.«

Der klettert schon mit Schnabel und Füßen herbei, will gekrault und gefüttert sein. Mugele wiederholt: »Guten Morgen, Jakob« – und ist über sich selbst erstaunt, weil die ersten Worte des Tages bislang »Guten Morgen, Peter« hießen.

Den Papagei interessiert das nicht. Er will nicht Deutsch lernen. Die Flüche der Eseltreiber von der Gasse her findet er interessanter. Papageien, die sprechen, gibt es wie Sand am Meer, denkt Mugele. Tröstet sich: Ein Papagei, der schweigt – das wär' mal was.

Im Abendlicht laufen Ayo O. und Mugele quer durch den Speisesaal. Ayos Lachen ist verflogen. Wenn's zum Herzausschütten kommt, da rutscht halt alles heraus, was geschlummert. Einfall, Ausfall, Blitzstrahl und finstere Denunziation. Oder einfach Wut.

»Sieh mal«, sagt Ayo, »hier schreibt Wei An, der Schlosser: ›Unsere Parteileitung – was treibt sie den ganzen Tag? Sie gleicht einem, der hinter der Klosettwand hockt, krampfhaft die Tür zuhält und nicht scheißt!‹ – Ich weiß nicht«, sagt Ayo.

»Du meinst das Niveau?!«

»Nein, Nein, mein Lieber. Es geht um was anderes. Mir wird auch klar, dass ich hier nicht bleiben werde«, murmelt: »Auch widersprecht dem Toko nie …«

Er weiß, dass er unverständlich ist und spricht neuerlich von der Vogelwelt Ugandas: »Unter den Hornvögeln haben wir den Rotschnabel-Toko. Der ist nicht viel größer als gemeinhin die Papageien, aber er hat einen langen, spitzen Schnabel. Das schafft Respekt.«

Summt dann ein afrikanisches Kinderlied.

»Es handelt von Ratschlägen einer Papageienmama an ihre Kinder.«

Ayo wundert sich nicht über Konstantins Neugier.

Sie gehen zu Mugeles Wohnung rüber, trinken einen Mandarinensaft. Bide schläft schon. Jakob hat seinen Kopf tief in die aufgeplusterten Federn gesteckt, auf einer Bambusstange eine grüne Kugel mit Schwanz.

Was die Papageienmama ihren Kindern rät

Steht niemals vor der Sonne auf,
dass euch kein Nebel krallt.
Ein Papagei mit Lungenknacks –
der wird nun mal nicht alt.

Und Pflaumen esst erst wenn sie reif,
sonst gibt es Magenpein.
Auch widersprecht dem Toko nie,
es könnte letztmals sein.

Und schmäht die Kraft der Sprache nicht,
erhascht das neue Wort.
Das ist des Papageien Stolz.
In hundert Sprachen trägt er's fort.

Verweilt, sobald die Sonne sinkt
daheim, wo uns kein Unheil droht.
Seid lieb wie Papagein. Und einen
Federschwanz erträumt euch, feuerrot.

Das Gedicht ist hübsch, aber eine fröhliche Stimmung will nicht aufkommen. »Und du meinst, die Abrechnung könnte schrecklich sein?«

»Ich weiß nicht, ich weiß nicht. Ich muss mir ein anderes Asyl suchen. Hier bleib ich nicht«, sagt Ayo O., schwarz wie Ebenholz.

Das Jahr rast davon. Wie die Drei-Millionen-Stadt im April 58 mit großem Spektakel ihre Sperlinge aufscheucht und erschlägt – Bide mit einer Trommel dabei – holt Mugele den erschrockenen Papagei vom Fenster fort und trägt ihn tiefer ins Haus. Aber drei Tage lang gibt es in Peking keinen Ort ohne Lärm. Mugele verstrickt sich in eine Wortreihe: lärmen, lerman, Alarm, al arma – zu den Waffen. Immer läuft es auf Krieg hinaus, wenn es ans Trommeln geht.

Am dritten Tag der Schlacht, einem Sonntag, kehrt Isa ahnungslos aus Schanghai in die verstörte Hauptstadt zurück. »Ich begreife das nicht!«

Sie küsst und umarmt ihren Jungen, der gewachsen ist und einen Papagei auf seinem Arm duldet.

»Na ja«, sagt sie zu Konstantin, »schön ist er ja – aber laut. Da hast du einen passenden Spielgefährten, wenn ich in Klausur gehe und mich daheim aufs Staatsexamen vorbereite. Mein Guter, wirst sehn, wie schnell die Zeit rum ist. Und ihr kommt nach.« Da wird er lange allein sein mit dem Sohn und einem Papagei.

In der unerträglich werdenden Sommerhitze währt die Mittagspause zwei Stunden. Nach einem hastigen Mahl rollen sich die chinesischen Kollegen zum Schlaf. Manche legen sich auf den Schreibtisch neben das Telefon. Mugele verzehrt, was Lao Bai, der Koch, sich in seiner Nische für ihn und die indischen Junggesellen ausgedacht hat. Trinkt, wie den ganzen Vormittag schon, Kaishui, heißes Wasser. Dann sucht er Jakob mit einer Schüssel kalten Wassers zu erfrischen. Eine Gießkanne hat er nicht. Mit Inbrunst wälzt sich der Vogel im Napf.

Ende Juli, heißt es, ein Nachfolger sei gefunden, bereite sich in Leipzig auf zwei Chinajahre vor. Im September, zwei letzte Arbeitswochen sind angebrochen, erhält Mugele einen chinesischen Orden. Der Betriebsleiter nimmt die Auszeichnung im Kreis der Kollegen vor, Abteilungsleiter Yang übersetzt.

»Sie haben kenntnisreich und kollegial gearbeitet, ein Roter Spezialist«, rühmt der Chef. »Wie Sie darauf drängten, mit uns den Dreizehn-Ming-Gräber-Stausee mit Schaufel und Karre zu bauen, und es war heiß und staubig, wir schätzen es sehr. – Für euch deutsche Genossen wird es nicht leicht werden, die

Einheit eures Landes wiederherzustellen. Wir haben das gleiche schwierige Problem. Mal sehen, wer es eher schafft.«

Dann erkundigt er sich, wie es Bide gehe. Er sei dem Jungen erst neulich wieder auf dem Hof begegnet und habe kühn behauptet: »Bide, du machst Sachen, stehst an der Große-Schriftzeichen-Zeitung«.

Der habe in feinstem Peking-Slang zurückgepfeffert: »Das muss ja nicht immer was Schlechtes heißen, oder?«

Die Runde lacht. Unvermittelt erklärt der Chef, China sei noch sehr rückständig und habe viel von seinen ausländischen Freunden zu lernen. Da erhoffe sich der Betrieb Kritiken und Vorschläge zur Verbesserung der Arbeit. Mugele weiß mit dieser Höflichkeitsformel das nahe Ende des Gesprächs. So dankt er für die Auszeichnung, die ihn freue. Und trägt rasch noch die Bitte vor, zur Freundschaftsmedaille eine Gabe in die Heimat mitnehmen zu dürfen, die ihn ein Leben lang an das Mittereich im Aufbruch erinnern solle – den grünen Papagei.

Von der Geschichte hat der Chef schon gehört, murmelt großzügig »Das muss zu machen sein« und beauftragt die Personalabteilung, das Nötige mit den zuständigen Ämtern auszuhandeln. Ende der Auszeichnungsrunde.

Aber so einfach ist es mit einer Empfehlung aus dem Kulturbereich nun doch nicht. Vor einer Entscheidung wünscht die Zentrale Zollbehörde einen Vertreter der Danwei, der zuständigen Einheit, den

Antragsteller und das zur Ausreise vorgesehene Tier in Augenschein zu nehmen. Nun wird der Jeep flott gemacht, ein Platz für den Käfig mit Jakob ist reserviert, Mugele setzt sich neben den Vogel, um ihn unterwegs bei Laune zu halten. Neben dem Fahrer nimmt als Vertreterin der Danwei Kollegin Chen Ming Platz. Alle freuen sich über den Ausflug, bis auf den Papagei, dem die Fahrt missfällt. Ist Mugele hoffnungsvoll? Er mag sich nicht ausmalen, was ein Nein durch einen schlecht gelaunten Paragraphenfuchser für ihn bedeuten würde.

In der Prüfhalle für dubiose Umzugsgüter erwartet die Antragsteller überraschend eine junge Zöllnerin, liebenswürdig und voller Elan. Ohne Zweifel freut sie sich, mal nicht mit Drogen oder Antiquitätenschmuggel befasst zu sein. Auch erscheint es ihr sinnlos, Jakob auf die riesige Waage zu setzen. So greift sie beherzt, ohne viel zu fragen, durch die Käfigtür, um den Papagei mit den Händen zu wiegen. Der hackt, bis sie sich sicher ist, zweimal kräftig zu.

Sie, ein gestählter Kader, verbeißt sich den Schmerz, erklärt mit fester Stimme: »500 Gramm« – was gewiss zu hoch gegriffen ist.

Sie setzt den Vogel rasch zurück, klebt ein Pflaster über ihren rechten Zeigefinger. Einen Vordruck für die Ausfuhr von Papageien hat sie nicht. So nimmt sie Tusche, Pinsel und Papier aus einem Schränkchen und kalligraphiert auf blankem Tisch ein Reisedokument, schön wie ein Meisterbrief. Neben einem dicken Amtsstempel auf rotem Siegellack unterzeichnet sie. Ein Prachtstück das Blatt. Ich werde es mir zu Hause einrahmen, denkt Mugele, während Chen Ming feierlich das Dokument vorstellt: Hiermit wird dem ausländischen Spezialisten Konstantin Mugele aus der DDR gestattet, einen grünen Papagei mit schwarzem Halsband, Größe ca. 50 Zentimeter, Gewicht ein Pfund, nach Berlin in sein Heimatland zu überführen. Der Vogel wird für gesund befunden. Gebühren werden nicht erhoben. Unterschrift. Zentrale Zollbehörde der Volksrepublik China. Beijing, 26. September 1958.

Das Mädchen vom Zoll, nun lächelt sie wieder, wünscht eine gute Reise.

Da ist Mugele aber froh.

Und es bleibt bei guten Neuigkeiten: Die Kaderabteilung hat bei Aeroflot die Zusage für zwei Flugkarten mit der TU 104 Peking-Moskau für den 17. Oktober erhalten. Die DDR-Botschaft dort sorge für Zwischenaufenthalt und Weiterreise.

Diplomaten treten gern einmal aus ihrem Kloster, was in Peking immerhin die Botschaft des alten deutschen Kaiserreichs meinte. Sie kommen ihn im Stadtteil Millionendorf besuchen, der Kulturattaché mit seiner china-enthusiastischen Assistentin, der nachrichtenhungrige Presseattaché. Trinken einen Mokka, gegebenen Falls einen Schluck Maotai. Kommen zu einem Plausch. Aber zum Singen, wiewohl sie das können, kriegt man sie nicht.

Ob er noch ein Abschiedstreffen für Freunde und Arbeitskollegen vorbereiten sollte? schießt es ihm durch den Kopf. Besser nicht, nach dem Debakel im vorausgegangenen Jahr. Er, Mugele, hatte alles bedacht, hatte höflich in drei Sprachen zum Samstag zu einem Filmabend auf den Hof eingeladen, Bänke aufgestellt, sogar eine bescheidene schwarzrotgoldene und die chinesische Fahne aufgesteckt, hatte von der Botschaft Filmgerät, Leinwand und einen sommerlich-luftigen DEFA-Spielfilm ausgeliehen, und alle, alle kamen, Freunde und Hausbewohner. Kamen zur Neuverfilmung von Theodor Storms »Pole Poppenspäler«, leider ohne Untertitel.

Um die Spannung nicht zu mindern, hatte Mugele auf eine Einführung verzichtet. Und wer sollte aus dem Stegreif übersetzen? Gewiss würden sich die Bilder selbst erklären. Und so rumpelte, das lag doch auf der Hand, mit einer Pferdekutsche fahrendes Volk in ein theatersüchtiges deutsches Städtchen ein – der Puppenspieler und Mechanikus Joseph Tendler nebst Frau, und am Fenster Lisei, das schwarzlockige Mädchen, neun Jahre alt und wunderhübsch.

Das Echo war schrecklich. Kein Mitgefühl, als der Kasper zu Schaden kommt, kein Verständnis für die scheue junge Liebe. Der Beifall höflich, ja mehr als mager. »Von der DDR hätten wir was anderes erwartet als Prinzessin auf Reise mit Kutsche und Ross! Oder waren Gutsbesitzer unterwegs? Was zeigst du uns da für einen feudalistischen Kehricht, Genosse Mugele«, moniert der Kaderchef. Und hatte auch ein bisschen recht: Arme Teufel mit Pferd und Wagen unterwegs – wie sollten sie das in China verstehen.

Ohnehin steht ein großes Fest ins Haus: Der Erste Oktober, neunter Jahrestag der Volksrepublik. Und die DDR nur sechs Tage jünger. Sie aber hatten einen opfervollen Langen Marsch bestanden. Die Ernte steht gut, hört man, beim Reis im Süden sind sie gewiss schon bei der dritten Pflanzung, allenthalben Enthusiasmus, selbst die Blume der Kalligraphie blüht auf. Und fast täglich von dort, wo drei Tüftler beieinanderstehen, ob in Tianjin oder Chengdu, die Nachricht: Wieder ist es Ingenieursstudenten gelungen, aus Metallresten einen neuen Traktor zu bauen, und er fährt.

Leider keine Serienproduktion, denkt Mugele. Premierminister Chou Enlai inspiziert das für zehn Passagiere ausgelegte Flugzeug Beijing 1, zweimotorig, mit Holzpropeller; am 1. Oktober wird es feierlich der Zivilluftfahrt übergeben. Einzelanfertigung. Gravierender: Im ganzen Land schießen Volkskommunen wie Pilze aus der Erde. Für die betagten Mitbürger entstehen Häuser des Glücks. In aller Munde die Brennöfen zum Eisenschmelzen. Sogar in Peking gründet eine Hotelbelegschaft eine Volkskommune, setzt den Schmelzofen in den Hof.

In Schanghai wetteifern Ärzte und Komponisten, wer mehr und das bessere Eisen produziert. Hoffentlich bleiben sie alle gesund, sinniert Konstantin, und vergessen die Musik nicht. Die Eiserne Schüssel wird diskutiert, aus der für alle der Reis ausgereicht werden soll. Naht das Himmlische Reich der Großen Gerechtigkeit, für das vor hundert Jahren die Taiping-Rebellen in den Kampf gezogen sind? Das Land hat sein Thema. England soll, was die Stahlproduktion betrifft, womöglich schon in zehn, nicht erst in fünfzehn Jahren überholt werden.

Mag das auf geringem Fertigungsniveau vor sich gehen, überlegt Mugele, sei's im Puddelverfahren von Achtzehnhundertdunnemals, kommen doch Hunderttausende, vielleicht Millionen erstmals mit Technik in Berührung. Und wieder Millionen, die schreiben und lesen lernen, greifen zu Tusche und Pinsel und schreiben ein Gedicht. Die dreifache Ernte – Reis, Stahl und Verse – begeistert Mugele. Und er sieht den unbekannten Poeten selbstvergessen wie ein Gott über die gelbe Erde gehen.

Es gibt keinen Jadekaiser im Himmel.
Es gibt keinen Drachenkönig auf der Erde.
Ich bin der Jadekaiser.
Ich bin der Drachenkönig.
Ihr Berge und Hügel,
gebt den Weg frei:
Ich komme.

Jetzt kannst du doch nicht fortgehen aus China, überlegt Mugele, jetzt, da sich Ungeheuerliches anbahnt. Und steht vor einer leeren Holzkiste. Die muss er mit seinen Büchern, mit Wäsche und Hausrat und dem Krimskrams füllen, der ihm in zwei Chinajahren lieb geworden ist.

Wie versprochen hat die Abteilung zum Packen einen Helfer ins Haus geschickt. Es ist Xiao Wen, ein Volontär, der vormals im Jugendverband gearbeitet hat. Heute scheint er besonders mufflig zu sein. Wenigstens beschriftet er mit schwarzen Schriftzeichen die Kiste für den Landtransport: Ziel Demokratisches Deutschland / Ostbahnhof Berlin. Wird abgeholt. Brummelt in einem fort was vor sich hin und wird ausfällig, als er zwei Figuren – einen Buddha aus Porzellan und einen geschnitzten Konfuzius – zu Gesicht bekommt: »Das ist alter Kram, der auf den Misthaufen gehört«.

»Hoho, Kleiner Wen, du kennst dich aber aus.«

Aufs heftigste ereifert der sich, als Konstantin ein Paar Schuhe in Zeitungspapier hüllt. »Was gibt's«, fragt Konstantin noch immer belustigt, »das sind meine Winterbotten, ein bisschen abgelatscht, aber warm und bequem.«

»Es geht nicht um die Schuhe, Genosse Mugele«, rügt Xiao Wen, »es geht um die Zeitung.«

»Die ist alt, mein Guter.«

»Aber es ist die Parteizeitung. Vorsitzender Mao selber hat die Titelzeile gemalt – Renmin Ribao, Volkszeitung – darein kann man doch nicht Schuhe wickeln.«

»Gut, gut, nehmen wir halt die Gewerkschaftszeitung«, begütigt Konstantin. Da weiß auch der Jugendverband nicht, wer dort die Titelzeile kalligraphiert hat.

So erhalten Enthusiasmus und Überschwang, die Mugele befeuern, immer auch die kalte Dusche.

Bleib, bleib!, hämmert das Herz und weiß doch: Die Zeit ist abgelaufen. In achtzehn Tagen wirst du eine Gangway zur Tupolew 104 emporklettern, links einen kleinen Jungen an der Hand, in der rechten einen Vogelbauer. Ein Abenteuer wird sein Ende haben. Das Land, mit dem du gehofft, auch gelitten, tief unten wird es in Staub oder Nebel versinken. Bleiben wird ein Traum und ein grüner rotschnäbliger Papagei.

Strahlend blau zieht der Erste Oktober herauf. Peking hat sein Festkleid angelegt. Gleich wird Bide von Zhang-Ai in Obhut genommen werden, bis Mugele zurückkehrt. Wird ihren Kleinen mitbringen. Der ist knapp eineinhalb Jahre alt, ist im Vorjahr zur Welt gekommen, am 1. Mai. So haben sich die Eltern für ihren Buben den Vornamen Wan Hong ausgedacht – Zehntausendrot. Bide wird also mit Zehntausendrötlein spielen, Bobbi wird dazu stoßen, und zwei chinesische Kinderfrauen werden aufpassen und ihren Spaß haben. Derweil wird der Betriebsbus ihn, Eric, Patience und alle interessierten ausländischen Kollegen zum Tien An Men fahren. Ein festlicher Tag.

Auf Umwegen gelangt der Bus in die Innenstadt. An der Mauer des Kaiserpalastes entlang wird die Expertengruppe schließlich durch eine dichte Menge zur Gästetribüne geschleust, derweil die Ehrensalven schon verhallen und die Panzer und Geschützlafetten über den Platz donnern, die Teilstreitkräfte ihren Salut bezeigen.

Schon richten die Militärattachés Fotoapparat und Fernglas gen Himmel, während die Abfangjäger heransausen, die schon bekannten Mig-Staffeln. Nun ziehen Raketen-Einheiten neuen Typs alle Aufmerksamkeit auf sich.

Mugele wird auf der Tribüne zu jungen Leuten mehr geschoben als geleitet, aber das ist nicht unangenehm, wenn die so strahlend in die Welt gucken und gar lang nicht gehörte heimatliche Laute aufklingen.

»Wo kommt ihr denn her?«, fragt Mugele.

»Wir sind FDJler.«

»Das seh' ich am Blauhemd«, sagt Mugele und lacht.

»Der Weltstudentenbund hat seine Sitzung diesmal in Peking«, antwortet eine junge Frau.

Sie ist schön, mit dunklem, gelocktem Haar. »Wir haben die Reise durch China mal kurz unterbrochen«, sagt sie, »und nun ist Mao Zedong gar nicht zu sehen.«

Mugele blickt zur Haupttribüne, aber so von der Seite her ist der Vorsitzende tatsächlich schwer auszumachen. »Wart' ein wenig«, sagt Mugele, »bis die Demonstration vorüber ist und zehntausend Jungpioniere mit ihren Halstüchern über den Platz zur Tribüne stürmen. Er wird die Balustrade entlanggehen und sich hier zeigen. Es dauert noch. Dann werden wir ihn sehen.«

Und merkt, wie er die junge Frau in Gedanken umfasst und errötet.

»Woher weißt du das«, fragt das Mädchen.

»Das war immer so«, sagt Mugele, »hab' es ein paarmal erlebt.«

»Wohnst du in Peking?«.

»Ja, jedenfalls zwei Wochen noch. Hab' hier gearbeitet. Ich heiße Konstantin. Und du?«

»Ich bin Karin, studiere Medizin an der Humboldt-Universität. Das hier sind meine Freunde aus der DDR-Delegation, Horst, unser ›Boss‹ und Heinz. Dort drüben, der Große, Massive, na, der rotblond angehauchte Mann, das ist Werner. War bislang der Schatzmeister des Weltstudentenbundes.«

Mugele verbeugt sich in die Runde: »Konstantin«. Lass nicht das Gespräch abreißen, ermahnt oder wünscht er sich.

Da nimmt schon das Volk die Straße ein, lacht, jubelt, singt, ruft Losungen. »Freiheit für Taiwan!«, »Freiheit für Quemoy!«

Vorweg die Sportler, Ensembles, die Tänzer, Schauspieler. Vier Frauen tragen auf zwei Bambusstangen eine Weltkugel. Die Delegierten der verschiedenen Völkerschaften in ihren Trachten, Tibeter, Mongolen, Uighuren, Miao und wie sie alle heißen, ziehen vorüber, grüßen den Vorsitzenden Mao mit »Wan sui!«, ebenso Buddhisten und Daoisten.

»Sieh mal, Karin, dort in ihren Kutten die Mönche, nun der Block der Nonnen, rufen: ›Mao zhuxi, wan sui!‹, Zehntausend Jahre für den Vorsitzenden Mao! Zehntausend – das ist eine magische Zahl, steht für lang oder ewig.«

»Gut, dass ich einen Experten bei mir habe«, sagt Karin und lächelt.

»Ach was. Es ist mein Abschied von China.«

»Meiner auch«, sagt Karin. »Wir machen zwar noch eine Exkursion nach Schanghai und Hangzhou, aber am 17. Oktober geht's heim mit der TU.«

»Das ist auch mein Rückflug!« ruft Mugele überrascht. »Werden wir uns im Trubel erkennen?«

»Ich komme mit meinem Jungen und mit einem grünen Papagei.«

»Ich freu mich«, sagt Karin, wiewohl sie einen Moment schluckt. »Hoffentlich kommt der Papagei gut durch.«

»Wie meinst du das?«, fragt Konstantin, »er ist gesund und hat eine Reiseempfehlung …«

»Flüge in großer Höhe sind schlecht für den Vogeltransport«, meint die Medizinstudentin. »Bei Papageien und Sittichen, ich hab es erst neulich gelesen, gibt es Verluste bis zu acht Prozent.«

Mugele wird blass. Er hat doch nur den einen. Der festliche Demonstrationszug, das fröhliche Stimmengewirr der Pekinger – im Bewusstsein Mugeles brechen sie abrupt weg. Das Modell eines Puddelofens, unter großem Beifall wird es an den Tribünen vorbeigezogen, bemerkt er nicht. Auf dem Platz des Himmlischen Friedens entgeht ihm das Thema des Jahres.

»Was ist mit dir?« fragt Karin erschrocken.

»Es ist nichts«, beschwichtigt Konstantin. »Sieh mal, schon laufen die Kinder über den Platz«, lenkt er ab. »Und dort kommt Mao Zedong.«

Mugele drängt es nach Haus ins Millionendorf. Lebt wohl, Freunde vom Studentenbund. »Liebe Karin, tschüss.«

Aufregende Tage folgen, von einem Thema bestimmt: »Wir brauchen die Bahn. Bitte tauscht die Flugtickets um.«

Tage auch mit Tränen: Zhang Ai verliert einen Sohn, den Chinesen mit hellem Haar.

»Ich wusste doch, der Papagei macht uns nur Ärger«, sagt der Kaderchef.

Nun sollte es zwei Tage vor der Abfahrt doch noch eine kleine Abschiedsfeier geben, Mittwoch nach Dienstschluss. Ausgedacht hatten es sich die Teilnehmerinnen von Mugeles Deutschkurs. Diese Auffrischung stand jedermann offen, wurde aber nur von den jungen Frauen wahrgenommen, die in Peking oder Kanton ihr Germanistikstudium absolviert hatten. Die erfahrenen älteren Semester, vor Zeiten hatten sie in Heidelberg, Hamburg oder Berlin gebüffelt, Abteilungsleiter Yang in München, blieben da fern, riskierten aber, mal mit Gauleiter aufzuwarten, wo Provinzgouverneur das Treffende war. Sei's drum.

An einem durch Blumenstauden abgetrennten Ende des Speisesaals hatten die jungen Frauen ein paar Tische zusammengestellt und mit Scherenschnitten geschmückt, sangen, während sie auf Tellern Gebäck auslegen und Wasser für Jasmintee aufsetzen, das Lied, das sie besonders mögen: Es zogen auf sonnigen Wegen drei lachende Mädel vorbei. Hatten's bei Mugele gelernt – in prüder Zeit recht ungebührliche Töne.

Doch die ausländischen Kollegen hatten Wind bekommen von dem Meeting und stellen, nebst Gläsern, ein paar härtere, aber auch liebliche Getränke dazu, nach Landessitte. Überreichen Abschiedsgeschenke, eine hübsche indische Messingvase, eine Matroschka, ein geschnitztes französisches Relief …

Mit »Cheerio!« und »Good bye« stoßen sie mit Mugele an, der derlei gar nicht geübt ist. »A votre santé! – Auf dass Ihr bald de Gaulle wieder los werdet! Prost.«

»Und ihr euern Adenauer!«

»Keine Bange, der ist nicht unser. Prösterchen.«

»A su salud.«

»Auf ein Madrid ohne Franco. Venceremos.«

»Dass ein neuer Sputnik starte und auf das gute Moskauer Eis. Na sdorowje!« –

Und immer wieder: »Yi lu ping'an! Gute Reise!« Und: »Komm wieder!«

»Auf …«

Und so reihum und durcheinander. Oftmals heißt es »Gan bei!«, und das bedeutet halt: Bis auf den Grund!

Manche, die es gar nicht gewöhnt sind, halten mit. Gerade Mugele ist's nicht gewöhnt, langt aber zu, denn heute geht es um die Völkerfreundschaft. Die Stimmung steigt schnell. Ein Fest ohne Betriebsleitung. Die beiden Russen ziehen sich bald schon, wie gewohnt, zu einer Versammlung zurück.

Ayo O., schwarz wie Ebenholz und noch immer im Land, kommt fast zuletzt. Er überreicht Mugele einen Spruch, den er auf ein Seidentüchlein getuscht hat: »Und widersprich dem Toko nie.« Der Ratschlag kommt zu spät. Schon sagt Abteilungsleiter Yang noch was Nettes. Und soll jetzt unbedingt dolmetschen, wenn Konstantin Abschiedsworte spricht.

»Liebe Freunde, wenn es nun heimgeht: Dieses Land, dieses wahnwitzig tüchtige Volk« (*schon kommt der Dolmetsch ins Stocken)* »werde ich nicht vergessen. Ihr seid wunderbar. Und wir fahren in einer Wagenspur. Auf immer. Mit der Transsib. Peter und der Papagei mit von der Partie. Übermorgen von Peking nach Moskau und weiter an die Spree, unser Riesenreich.« (*Gemurmel*). »Da braucht ihr euch gar nicht aufzuregen ... Schon Kongzi, der alte Konfuzius, wusste: Jede Familie hat ein Oberhaupt...« (*Zuruf: »Aber nicht Moskau!«*)

»Schon gut, ist ja gut. Ich wollte doch nur sagen: Wir sind uns einig.« – (*Zurufe: »Soso!«*) – »Ringsum hängen Große-Buchstaben-Zeitungen. Da will ich meine ›Dazibao‹ dazugeben.«

Zaghafter Beifall.

»Also derjenige, der im Frühjahr die Katze von Patience und Eric geklaut und gefressen hat, die schöne runde gelbe Perserkatze, sollte jetzt seine Selbstkritik schreiben und an die Leine hängen. Kann dann verziehen werden.«

»Wie kommst du darauf?!«

Mugele, so betrunken er ist, merkt immerhin, dass Yang schon nicht mehr dolmetscht.

»Mei guanxi, Yang tongzhi – Macht nichts, Genosse Yang«, sagt er nun auf Chinesisch und radebrecht: »Was gesagt sein muss, muss gesagt sein, auch ohne richtige Töne und Grammatik, ihr werdet das verstehn – es kommt direkt aus dem roten Herzen.«

Beifall vom Tisch des Deutschkurses und zum letzten Mal Beifall. Denn schon attackiert Mugele den Volontär Wen wegen seines rüden Umgangs mit dem Erbe. »Buddha war Güte, und er konnte vergeben, verstehst du.«

»Es geht um Klassenkampf«, ruft Wen aufgeregt.

»Wo sind denn hier die Feinde?«, fragt Mugele.

»Ach, du Armer!«

Schon springt Patience, nun ganz Krankenschwester, Mugele zu Hilfe, um ihn aus dem Saal zu geleiten und in sein Bett zu bringen. Aber der reißt sich los und trumpft auf: »Wir lassen uns nicht von England tyrannisieren, denn jetzt wird Stahl gekocht, zehn Jahre lang Stahl. Es lebe … Das wollt' ich noch sagen und das ist unbestritten: Ein Chinapapagei hat einen grauen Bauch – das ist der magere Alltag. Er hat grüne Flügel – das ist unsere Sehnsucht. Er hat den roten Schnabel – das bedeutet, ihr wisst es doch – Zhongguo yingwu wan sui!«

Und noch einmal emphatisch: »Zehntausend Jahre für den Chinapapagei!«

Und sackt zusammen. Wacht spät morgens auf. An seinem Bett die Betriebsärztin, ein verstörter Sohn, ein hungriger Sittich.

»Was ist passiert?«, stammelt er.

»Das war ein Vollrausch, Herr Mugele«, sagt die Ärztin.

Mugele kann sich an nichts erinnern.

»Wie man hört, haben Sie eine Rede gehalten. Auf Chinesisch.«

Da erschrickt der deutsche Genosse.

Am Hauptbahnhof werden die drei Reisenden von den Kollegen verabschiedet, Abteilungsleiter Yang lässt sich vertreten. Für Chen Ming wird das um den Käfig gewickelte Tuch gelüftet, der Vogel sitzt ruhig und guckt sich die Schöne an. Alle schütteln Konstantin die Hände, alle streichen über das weiße Haar des Jungen. Bide, yi lu ping'an!

Der Junge, nun doch bewegt, antwortet, und es stimmt jeder Ton: Kuai lai wo nar – Besucht mich bald.

Der chinesische Wagenschaffner prüft die Fahrkarte, Mugele und den Jungen führt er zu ihren Plätzen, den Käfig setzt er auf den Klapptisch am Fenster. »Bis zur Grenze werden Sie keine weiteren Gäste im Abteil haben.« Erlaubt dann auch den Helfern, das Gepäck hineinzutragen. Draußen umarmt sich ein Liebespaar: er, ein drahtiger hübscher Mann mit Sommersprossen, vielleicht fünfunddreißig, hell das Haar und kurz geschnitten; sie, brünett, womöglich etwas jünger, groß und kräftig, mit Tränen im Gesicht. Einen der zwei wird Mugele im Waggon wiedersehen. Er wendet sich rasch den Kollegen zu, würde der freundlichen Chen Ming gern einen Abschiedskuss geben, aber es schickt sich nicht. Und heute hebt eine Passagiermaschine zum Flug von Peking nach Moskau ab. Karin mit der Jugenddelegation wird schneller daheim sein.

In der Bahnhofshalle setzt die Abschiedsmusik ein. Der Fernzug auf der Transmandschurischen Route ruckt an. Peter winkt und ruft Zai dian!

Es ist Freitag, der 17. Oktober im Jahr des Hundes eintausendneunhundertachtundfünfzig.

In hohen Porzellantassen mit Deckel bringt die Teeschaffnerin grünen Tee, empfiehlt auch den Speisewagen, den ein tüchtiger Koch leite. Bide fragt, ob der duftige Mantous machen kann. Da staunt die Frau. Bis weit zur Grenze wird sie immer neu kommen, heißes Wasser nachzugießen und mit dem Jungen ein bisschen zu schwatzen. Der Papagei gewöhnt sich an das Stampfen des schweren Zuges. Schon klettert er, fast entspannt, auf die zernagte kleine Schaukel, schwingt sich im Käfig hin und her.

Mal steht, mal kniet Peter auf seiner Liege, guckt auf die vorüberfliegenden Dörfer, Hecken, Gaoliang-Felder, später auf die rauer werdende Gebirgslandschaft, bis er es müde wird. Klettert zu seinem Papa auf den Schoß. Sie singen Auf der Wilhelmsau, ein Froschlied, dann das Lied, bei dem die Vokale vertauscht werden:

Drei Chinesen mit dem Kontrabass
saßen auf der Straße und erzählten sich was.
Da kam die Polizei: Ei was ist denn das?
Drei Chinesen mit dem Kontrabass.

Mugele mag das Lied, wiewohl er es für recht teutsch hält, weil: wenn das Ungewöhnliche geschieht, wird nach der Polizei gerufen. Sie kommt und prüft. Immerhin, sie beobachtet genau und trifft, da kann man nicht meckern, die korrekte Einschätzung.

Wenn er singt, wird Peter so rasch nicht müde. Es

ist auch noch das Lied vom Schneider dran, der eine Maus fängt, ihr das Fell abzieht und sich daraus einen Mantelsack näht. Strophe um Strophe, neue hinzufügend, eine alte weglassend. Bei den Mugeles soll der Schneider mit dem Mausemantelsack nicht in den Krieg reiten. Es wird auch kein Mausekrieg sein, wenn er denn kommt.

Im Gang trifft Mugele auf die brünette Frau, die sich so schmerzlich auf dem Perron verabschiedet hat. Sie zündet sich eine Zigarette an und sagt: »Entschuldigen Sie, der Vogel, ich habe ihn durch die Tür gesehen, ist hübscher als ich seiner Stimme nach vermutete. Ein Popugai?«

»Ja, ein Papagei, ein chinesischer. Woher haben Sie das gute Deutsch?«

»Nun ja, ich bin Germanistin, aus Irkutsk. Mein Freund ist hier Fluglehrer. Wir kommen gerade aus Qingdao.«

»Ein Seeurlaub …«

»Ja.«

Und nun reden zwei Germanisten miteinander, und nicht über Literatur, sondern schwärmen von einer schönen Stadt und ihren Parks, von Häusern mit roten Ziegeldächern, von einem perfekten Strand und dem lieblichen Lao-Gebirge. Mugele merkt an, dass sich das Neue China sehr zum Vorteil eine deutsche Stadt aus Kaiser Wilhelms Zeiten leisten kann und weiterbaut wie im Nordosten das russische Harbin mit den vielen Zwiebelturmkirchen. »Als Gotteshäuser werden sie nicht mehr gebraucht – die 150.000 Russen von einst, zumeist geflohene

Weiße aus den Revolutionsjahren und ihre Kinder, inzwischen zurückgekehrt oder zerstoben in alle Welt. Ein paar Tausend leben noch in der Stadt, als Minderheit nicht sehr geachtet.«

»Ich weiß«, sagt die Frau aus Irkutsk. »Es gibt Dinge, die wir uns im Sozialismus nicht leisten sollten, da leidet mein Mann. Er schätzt die jungen chinesischen Flieger sehr, sie sind fleißig, aufmerksam, aber er sagt ihnen: ›Wer eine Mig steuert, muss sich anders ernähren als ein Rikschafahrer. Der Pilot braucht Kraftnahrung, Schokolade …‹ Manche seiner Schüler denken's, andere sagen's auch: ›Das mag für euch gelten. Als Chinesen sind wir das Härtere gewohnt. Wir beherzigen die Lehren des Vorsitzenden Mao.‹ Und dann stürzt so ein junger Mensch aus Verblendung einfach ab … Und nicht nur einer.«

Mugele weiß keine Erklärung dafür. Es wird Gelegenheit geben, sich mit der Frau aus Irkutsk länger zu unterhalten. Tage und Nächte wird es rumpelnd vorangehen, Chinas Nordosten wird weit durchfahren – die Städte Shenyang, Changchun, Harbin, im letzten Weltkriegsmonat von der Sowjetarmee den japanischen Eroberern entrissen, gehören dazu. Mit Isa und der Gruppe der Auslandsstudenten hatte er im Januar 57 den Nordosten bereist, die deutschen Teilnehmer in kamelfarbene Filzmäntel gehüllt. Die hatte ihnen vor der Abreise nach China das Staatssekretariat für Hochschulwesen ausgereicht, nicht für alle Gelegenheit chic, aber für so eine Winterexkursion das Richtige.

Mugele muss ins Abteil zurück. Er deckt den

Käfig zu. Er bringt Peter zu Bett. Die Schaffnerin, nochmals Teewasser auffüllend, berichtet vom Absturz einer sowjetischen Tupolew-Maschine über Sibirien, wie eben in den Nachrichten gemeldet wurde. Einzelheiten – nicht bekannt.

»Wie lange brauchen wir, bis wir bei Mama sind?«, unterbricht der Junge.

»Acht, neun Tage kann's dauern«, sagt Konstantin. »Diese Route, wir haben sie uns nicht ausgesucht, braucht einen Tag länger als jene durch die Mongolei. Beide führen zum Baikalsee. Der wird dir gefallen. Dann sind wir schon in der Sowjetunion. Schlaf gut, mein Lieber.«

Und kann selbst nicht ruhen. Verstört ihn der Flugzeugabsturz? Im Halbschlaf denkt Mugele an Isa, die eine Woche länger warten muss als geplant, nichts ahnend von einem Papagei. Er grübelt: wie sich sein Land verändert haben mag. Was mögen das für Leute sein, die auf Cuba als Barbudos von den Bergen herabsteigen und gegen den verruchten Batista zu Felde ziehen? Ich hätte nicht aus China wegfahren dürfen, jetzt nicht, fällt in einen unruhigen Schlaf.

Die Germanistin hat sich mit dem grünen Papagei angefreundet und mit Peter auch. Wenn sie ins Abteil zu Besuch kommt, macht sie ihre Zigarette aus. Es wird gelacht, gesungen, gemalt. Ab und an darf Jakob im Coupé bei verriegelter Tür aus dem Käfig klettern. Dann klopft er herausfordernd, will auf die Hand klettern und gekrault sein. Das muss sie noch lernen: Papageien steigen ungern abwärts.

Wir doch auch. Als Fliegerbraut sollte sie das wissen.

An Konstantin schätzt die Sibirierin, dass er so Anteil nehmend von dieser mandschurischen Provinz zu berichten weiß, in der sich, speziell mit Hilfe vieler russischer Arbeiter und Ingenieure, eine industrielle Revolution vollzieht. Die Japaner mit ihrem Herrschaftstraum von Großostasien und einer Großasiatischen Wohlstandssphäre setzten in ihrem Vasallensaat Mandschukuo alles daran, hier eine kriegstüchtige Schwerindustrie auszubauen, aber keinesfalls chinesische Fachleute für die glorreiche Zukunft auszubilden. Chinesen durften als Kulis schuften. Und nicht an die Maschinen treten.

»Im Automobilwerk II in Shenyang«, erzählt Mugele, »trafen wir vergangenes Jahr mehrfach zwei Arbeiter an einer Maschine. Der zweite sah seinem bereits ausgebildeten Kollegen über die Schulter, wie's gemacht wird. Das verstand ich. In einer anderen Halle hatte ein Werkzeugmacher über einem Motor in einem Körbchen zwei Tauben aufgehängt ...«

»Ja, die Friedenstaube!«, ruft Peter begeistert.

»Dachte ich auch erst«, sagt Vater Konstantin. »Der chinesische Autobauer, jedenfalls der, den ich in Shenyang im Automobilwerk II, Halle 4, bei seiner Arbeit traf, hatte an seinem Arbeitsplatz in natura Picassos – nein, das kam mir zu blöd vor. Fragte also nach. Der Arbeiter antwortete: ›Sie passen auf mich auf. Hier beim Durchprüfen tritt manchmal Gas aus ...‹ – Seitdem frag ich viel.«

Als der Zug nach zwei Tagen in Harbin eintrifft,

nimmt Mugele den Faden noch einmal auf: »Den Chinesen ist die Friedenstaube lieb und teuer. In Harbin hatte die internationale Studentengruppe ein wundervolles Treffen mit den einheimischen Kommilitonen, Gedankenaustausch an allen Tischen, ein fröhliches Abendessen, dann Tanz, mit einfachem Schiebeschritt. War auch nötig, um ein bisschen warm zu werden. Harbin schien in Kälte zu erstarren. Überraschend kündigte die Sprecherin der Gastgeber zu Ehren der ausländischen Studenten, insbesondere für die deutschen Freunde, das Lied von der Friedenstaube an. Die kleine Band intonierte, blechern und fröhlich ›La paloma‹. Und wir tanzten zu Ehren des Weltfriedens, wie gesagt im einfachsten Schiebeschritt.«

Die Fliegerbraut wird ganz still. Dann erzählt sie doch, wie man in Irkutsk mit den langen Winternächten fertig wird. Und verabschiedet sich, um noch eine Zigarette zu rauchen. Jakob hält den Kopf tief in die Federn gesteckt.

Es kommt eine Stunde, da reißt Mugele kräftiger Lärm aus dem Schlaf. Jemand, näher und näher rückend, schlägt mit einem Eisenhammer auf Stahl. Ah, der Schienenspecht. Er prüft die Achsen. Wer so das Herz abklopfen könnte … Wenn er nur wüsste, was er betrunken im Speisesaal geschworen hat …

In einer Wagenspur? I wo, seit Zarenzeiten, schon von Beginn an, hat Russland die eigene Schienenbreite. Mugele ist hellwach. Chinas Grenze ist fast erreicht. Manzhouli. Das kann nun dauern. Zieht sich eine Jacke über. Der Speisewagen zu. Die Toiletten – abgeschlossen. Nun, ihr Schmuggler, aufgepasst mit Gold, mit Medizin. Mit Papagei? Keine Bange. Die chinesischen Kontrolleure sind heute nicht an den Ausländern interessiert. Der Blick in den Pass genügt ihnen. Sie lassen Peter schlafen. »Gute Reise.«

Mittereich, ade, denkt Mugele, als der Zug sich in Bewegung setzt, und ahnt zugleich, dass ihn China nicht loslassen wird. Auch weil du eine Sinologin zur Frau hast. Isa, wir kommen. Schon empfängt uns die sibirische Steppe. Wir kommen. Wir kommen. Von der alten Ausweichstelle Otpor her sind es noch 6.658 Kilometer bis Moskau. Schon tritt die russische Staatsmacht ins Abteil, legt die Hand an die grüne Schirmmütze, prüft den Pass. Mit einem Blick zum Käfig: »Wir schicken den Arzt vorbei. Dobroje utro.« –

Als die Ärztin herbeihetzt, ziemlich entnervt, was hat sie nur?, beginnt mit Rattern und Rumpeln das Umsetzen des Fahrgestells auf die russische Breitspur, der Vogel erschrickt und schlägt mit den Flügeln. Schon ergießt sich ein Wortschwall über Mugele, aus dem So geht es nicht!, jedenfalls nichts Erfreuliches herauszuhören ist, eher das Durchreiseverbot für den Papagei. Mugele fällt kein Gegenmittel ein. Ob des Geschreis eilt die russische Germanistin herbei, sucht zu vermitteln und die Aufgeregte zu beruhigen: »Das sind unsere Freunde, aus der DDR. Sie begleiten einen unbescholtenen Papagei, der hat ein staatliches Zertifikat.«

Mugele zückt den Meisterbrief vom chinesischen

Zoll. Die Ärztin wird noch wütender: ein Propusk mit chinesischen Schriftzeichen, wer soll das lesen! Im Gestänge rüttelt es. Mugele guckt in das Papier, als könnte er aus dem Chinesischen übersetzen, verliest, was ihm erinnerlich geblieben: Ein Stück Papagei, Farbe grün, 500 Gramm für gesund befunden.

Die Fliegerbraut sagt es auf Russisch. Die Gestresste gibt sich einen Ruck, reißt Mugele den Meisterbrief aus der Hand, stürzt zur Tür. Mugele schreit ihr nach: »Den brauch ich in Polen und in Frankfurt!«

Wenige Minuten bevor der Zug abfährt, um Kurs zum Baikalsee zu nehmen, betritt die Ärztin wieder das Abteil. Sie sagt kein Wort, übergibt einen Wisch, kyrillisch, knapp drei Zentimeter breit. Den sollen dann Polen und Deutsche für gut befinden …

Der Zug ruckt, der Junge schläft weiter. Nun ist Mugele entnervt, wiewohl auch Jakob durch Russland reisen darf. Im Angesicht des aufblitzenden Baikalsees fasst er einen verwegenen Plan. Was wird er dem Dichter in Warnemünde, dem Freund KuBa von der Reise mitbringen? Der war es doch, der ihn mit Liedern, mit Gedichten, auch mit der Reportage Osten erglüht entflammt hatte. Ja ihm, als er vor sieben Jahren von der Chinareise mit Anna Seghers und Professor Gustav Seitz zurückgekehrt war, das Essen mit Stäbchen beigebracht hat? Na und Isa. Aber er denkt jetzt schwerlich an sie, wie er eine Tollheit vorbereitet, eine Flasche ausspült. Nebenan der See im Morgenglanz, drüber nur ein paar Nebelschwaden. Ein, zwei Haltepunkte sind schon passiert. Waren immer ein bisschen weit zum Ufer, die Zeit knapp, tief gelegen der See. An der Station Sludjanka hält der Zug fast auf Seehöhe. »Zwölf Minuten Aufenthalt« locken die Lautsprecher. Mugele ist auf einen Wettlauf aus, greift nach der Flasche und springt. Er sieht nicht das berühmte Bahnhofsgebäude ganz aus Marmor. Aber landet auf marmorner Schotteraufschüttung, stolpert abwärts, kreuzt einen Sandweg, hastet über eine Wiese, glitschig, überklettert einen morschen Holzzaun.

Seitwärts Rufe, vielleicht von Fischern, er versteht sie nicht, wendet sich aber den zwei Männern zu, die heftig mit den Armen gestikulieren, schreit erklärend, dabei fast jauchzend: »Baikal! Baikal!« Füllt die Flasche, das glucksende Wasser ist klar und kalt, hastet zurück, springt auf den abfahrenden Zug. Hoch schlägt das Herz bis zum Hals.

Als Konstantin das Abteil betritt, öffnet der Junge die Augen. Konstantin schämt sich, schämt sich nicht, stammelt »Peter, liebes Petzlein – verzeih, es darf nicht wieder passieren.«

Da ist Mugele neunundzwanzig Jahre und neun Monate alt.

Nunmehr steigen sie, wenn sie Lust dazu haben und »zwanzig Minuten Aufenthalt« angesagt sind, doch lieber gemeinsam aus dem Zug, Peter und sein Papa. Der schimpfende Papagei wird für ein Viertelstündchen eingeschlossen. Das macht der Teeschaffner. Draußen ein munteres Treiben: Leute, die sich begrüßen und umarmen, weinen, lachen. Großmütter, einheimische, in dicke Tücher gehüllt, bieten zum Frühstück Piroggen, gekochte Eier, Smetana. Mugele hält Ausschau nach Nüssen und Sonnenblumenkernen. Der Wagenschaffner mahnt zum Einsteigen, sammelt vom Trittbrett gestikulierend seine Leute ein. Einen Pfiff von der Lokomotive gibt es nicht. Klopfend begrüßt Jakob seine Reisegefährten und verkostet nun sibirische Ernte. Mit erhobenem, an die Brust gedrücktem Stab, den ein festgezurrtes Signalfähnchen hüllt, grüßt der Diensthabende vom Stellwerk her den ausfahrenden Zug. An der ganzen Strecke, bei jedem Wetter, das gleiche Ritual. Reisender, auch wenn du hundert Kilometer weit keinen Menschen erblicken solltest – du bist geborgen. Und wieder Wald, mal ein Fluss, ein Fischerdorf und, gar nicht weit, noch immer das tiefe Blau, das Konstantin und Peter singen macht.

Herrlicher Baikal, du heiliges Meer,
auf einer Lachstonne will ich dich zwingen.
Starker Nordost treibt die Wellen daher.
Rettung, sie muss mir gelingen.

Rettung – wohin rettest du dich, Mugele? Du bist in Sibirien – Land voller Geheimnisse, Traumland, Land der Freien, Land der Gefangenen, in Gedanken hat er das alles durch, glaubt er. Puschkins berühmtes Sendschreiben fällt ihm ein. Und der Mann, der von der Lena kam, der denkscharfe. Sibirische Städte, die auf sich halten, zeigen sein Standbild. Der Zug fährt in den majestätischen Bahnhof von Irkutsk ein. Hier muss die Fliegerbraut verabschiedet werden, die Jakob das Reiserecht erstritten hat. Das bleibt unvergessen. Mugele überreicht, was Besseres hat er nicht und gibt es kaum, eine grüne Schwanzfeder des Papageien.

Ein Kaukasier tritt ins Abteil, Historiker und Sinologe, auch auf der Heimreise, stellt sich vor: »Garushjanz.« Weist auf seinen Buben: »Atalay.«

Nun hat Peter einen Spielgefährten, was das Reisen recht erleichtert. Vom ersten Augenblick an kommen sie gut miteinander aus. So wird erst einmal der Tisch frei geräumt: Jakob wird hoch auf ein oberes Bett gesetzt. Ein Tuch wird gebreitet fürs gemeinsame Mahl. Frühstück? Mittag? Wer will das genau sagen, wo die Zeitzonen nach durchmessenen Längengraden wechseln und lediglich die Bahn auf Moskauer Zeit ausgerichtet bleibt. Jedenfalls ist heller Tag. Brot und Speck, hausgemachte Wurst, auch Piroggen werden herbeigezaubert. Mugele öffnet das Paketchen mit Mondkuchen, das Chen Ming als Wegzehrung überreicht hatte. Während die Väter, russisch-englisch-chinesisch radebrechend, sich zu verständigen suchen, überwinden die Vierjährigen spielend die Sprachhürden – Pjotr und Atalay. Fehlen nur Lauch, Zwiebel und ein Wässerchen. Mugele vermisst keinen Wodka, seit fünf Tagen ist er Antialkoholiker. Und Jakob, grad selber erst erwachsen, mag Kinder, wenn sie ihn nicht ärgern.

Kaukasier sind für eine Überraschung gut. Im Nu verwandeln sie ein Vierercoupé in die Arche Noah, während Peter und Konstantin für ein Weilchen den Zug durchstreifen, der sich durch die Taiga frisst. Als

-Nach wenigen Schritten können wir gegen 1
besteigen und uns beim Schippern unterhalter
Möglichkeiten bietet sich der Rundkurs nach
Uhr zurück sind.
-Dann wie schon geplant im Restaurant „Oska
Abendbrot, bis wir wieder die paar Minuten z

Eine verlässliche Wetterprognose gibt es nicht
alle Lagen gemeistert. So hoffen wir, dass Ihr
überstanden habt und munter auf den Juli zust

Übrigens: Wenn Ihr recherchiert, findet Ih
auch unter „Tharpaland". So nennen die B
noch nicht bekannt.

Wir bleiben am besten bei unserem fröhlichen

Roland

49 30 6495023

Schemer.erhard@web.de

die Deutschen zurückkehren, laufen sie an ihrem Abteil vorbei, das nicht wiederzuerkennen. Ist bevölkert mit Affen, Bären, Elefanten, Kamelen und Krokodilen, auch Löwen, Tigern und Zebras. Die Welt aus Gummitieren haben Vater Garushjanz und Atalay aus einem Koffer gezaubert. Eine Menagerie auf Luftbasis. Der Papagei höchst aufgeregt. Nun will er beruhigt werden, was Peter und Atalay mit dem neuen Spiel gelingt: aus Affe und Zebra und allem Getier zischend die Luft heraus zu lassen.

Was aber raunen die Winde auf der längsten Trasse der Welt, was singen die Schienen? Das ist so eindeutig nicht, spürt Mugele.

Achthundert Millionen, friedvoll und frei.

Dies ist das eine, das raunt. Trotz allem das Gewisse. Trotz der Stalin-Enthüllungen des vigilanten Ukrainers. In China hat die Führung in Prozenten vorgerechnet, wie sehr der Kaukasier recht, nämlich zu siebzig Prozent, wie sehr er, zu dreißig Prozent, Unrecht gehabt haben soll.

Was sich alles in Prozenten berechnen lässt!

Zum anderen ist es Freude heim zu fahren zu Isa, die Familie, so lütt sie ist, neu zu erschaffen. Heim in das hart umkämpfte kleine Land, das ihn nach China entsandt, vielleicht aber auch vergessen hat. Sein Arbeitsplatz zu Haus jedenfalls ist vergeben, das weiß er schon, durch einen guten Mann besetzt sogar. Merkwürdig, wie noch immer gilt: Aus den Augen, aus dem Sinn. Nicht, dass ihn das existenziell ängstigte. Du bist eingebettet in einen großen Strom. Der hat seinen Lauf. Aber Fahren ist schön. Es gibt

Augenblicke, wo sein Herz einem Hermann Hesse die Worte neidet: Tiefre Wonne weiß ich nicht auf Erden als im Weiten unterwegs zu sein: wenn draußen erster Schnee in die Tannen stiebt, wenn die Bahn die gewaltigen Ströme kreuzt, Irtysh, Ob, Jenissej, Wolga, wenn die sagenhaften Städte des Ostens angesteuert und wieder verlassen werden – Irkutsk, Krasnojarsk, Omsk, auch Tjumen. Aber heuer will er, ein Jugendtraum, jene magische Stelle nicht verpassen, wo Asien und Europa innig sich berühren. Diesen Punkt vierzig Kilometer hinter Swerdlowsk, das einmal Jekaterinburg hieß, markiert ein Obelisk. Siehst ihn mit den zwei Richtungspfeilen, wenn du ein bisschen Glück hast. Rauschst vorüber – und der Birkenwald davor, danach eurasisch gleich.

Schon fahren Jakob, Peter, Konstantin Hunderte Kilometer durch europäischen Wald Moskau zu. Europa ab der Elbe, oder vielleicht vom Bug an abzuschreiben, welche Vermessenheit.

Jaroslawl – das klingt schon vertraut. Hatte hier nicht Majakowski im überfüllten Stadttheater sein »bestes Gedicht« vortragen sollen, anno 27? Entbot stattdessen seinen Gruß dem unbekannten Bruder, dem chinesischen Kuli, in seiner Lyrikstunde eine Agenturmeldung verlesend, die ihm grad zugesteckt wurde:

Da schnarr ich
(mein lyrischer Ton ist missraten)
als schmetternde Jericho-Schalmei:

»Genossen!
von Kantoner
Arbeitern und Soldaten
erstürmt ist
Schanghai!«
Wie wenn man
in Händen
Dachblech knüllt,
kracht Klatschen
und Beifalls-Braus.
Eine Viertelstunde
ist lärmerfüllt
vom Jaroslawler
Applaus.

Den Dichter freut's. Überraschend das Resümee und so ganz Majakowski:

Ich sage:
Das gesamte
Musengeseich
samt schönstem Dichterruhm
ist Quatsch.
Mit der schlichten
Zeitungsmeldung –
kein Vergleich,
wenn Jaroslawl
ihr derart
Beifall klatscht.

Der Zug rollt ein in die Stadt der Tuchweber und Ölmühlenwerker. Ach, Jaroslawl, wie ist dein Beifall verrauscht. Ihr Schanghaier, wen trafen die Exekutionssalven des Verräters?

Nun wird es rasch gehen. Vorsorglich gießt Mugele Wasser aus Jakobs Napf. Ehe er nochmals schlafen gelegt wird, verabschiedet sich Atalay von Pjotr und dem grünen Papagei. Konstantin schlingt das große Tuch um den Käfig, das er mit einem Ledergürtel fixiert. »262 Kilometer noch, lieber Petz, wohl kaum drei Stunden, und tschüss Transsib!«

Grüß dich, Jaroslawski woksal, guten Abend, Moskau. Peter überrascht der Lichterglanz. Der Mitarbeiter der Botschaft hat die Zwei schnell aus dem Menschenstrom gefischt.

»Na, wie war die Reise, Genosse Mugele?«, fragt er, ohne eine Antwort abzuwarten. »Hier sind die Papiere für Hotel und Bahn. Morgen Vormittag geht der Zug. Das Taxi ist bestellt. Aber ich bringe euch gleich mal ins Quartier. Liegt auf meinem Weg zum Sportclub, wo ich meinen Jungen vom Training abhole, unsern kleinen Judoka. Ihr müsst ja hundemüde sein.«

»Gibt es was Neues zu Haus?«

»Die Vorbereitungen für die Beisetzung Johannes R. Bechers sind in vollem Gange.«

Der Tod des Dichters, von dem er noch nicht gehört hatte, berührt Mugele, aber nun fragt er doch, was es mit dem Absturz einer TU in Sibirien auf sich habe.

»Das ist eine tragische Geschichte«, sagt der Botschaftsmitarbeiter. »Die Maschine, aus Peking kommend, ist letzten Freitag im tschuwaschischen Kanash zerschellt. Die Ursache kennen wir nicht. Von der Crew und den 71 Passagieren hat niemand überlebt. Auch Deutsche sind unter den Opfern, eine Studentendelegation vom Jugendverband…«

Mugele ist wie vor den Kopf geschlagen. Horst und Heinz und Werner hießen sie. Und Karin dabei, die lebenssprühende.

Der Botschaftsmensch begleitet sie ins Hotel. An der Rezeption regelt er die Sache mit dem Papagei – »die eine Nacht.«

Der Portier greift nach dem Gepäck. Das Hotel ist ein ältliches Etablissement, aber im Foyer glänzt zur Freude des Jungen in einer Glasvitrine das silberne Modell des Sputniks. Unvergesslich der Becher heißer Schokolade zur Begrüßung.

Das Taxi andern Tags ist fast pünktlich. Dem Chauffeur, einem freundlichen Mann, macht es Spaß, einen Papagei zu kutschieren, einen großen und einen kleinen Berliner dazu. »Frau freut sich auf Popugai?«

»Ich denke schon«, sagt Mugele, wiewohl er es nicht genau weiß. Nächtens am Telefon hat er es ihr nicht gesagt. Aber war da nicht ein Schluchzen zu hören?

Der Taxifahrer offenbart sich als Rotarmist, der seinen Dienst in Berlin geleistet hat. So sausen also zwei »alte Berliner« nebst Kind und Vogel zum Belorusskij woksal und hoffen, nicht im Stau stecken zu bleiben. Sie sind spät dran. Mugele zahlt noch während der Fahrt, um keine Zeit zu verlieren. Am Bahnhof stoppt der Chauffeur scharf, schnappt sich zwei Gepäckstücke, weiß den Bahnsteig, läuft den Zug entlang, Mugele mit Sohn und Papagei eilig hinterher. Der Teeschaffner steht in der Tür, lauert bereits auf die letzten zwei Passagiere, sieht den Käfig, hört den kräftigen Schrei des Vogels und verwehrt den Zutritt: »Popugai nje tschelowjek«, konstatiert er. Der Zug habe Menschen zu befördern, und ein Papagei ist kein Mensch.

Mugele, alles Russisch zusammenkratzend, hält gestikulierend dagegen: »Peking – Moskwa: daleko! Moskwa – Berlin: nje daleko!«

Über Entfernungen zu diskutieren, darauf lässt sich der Schaffner nicht ein und beharrt: »Popugai nje tschelowjek.«

Das ist auch unbestreitbar. Doch da kommt der Taxifahrer-Rotarmist, der bislang schwieg, in Fahrt, schiebt mit grässlichem Fluch Koffer und Jungen durch die Tür, den Papagei hinterher, Mugele klettert dazu, der Zug ruckt an. »Bolschoe spassibo, Taxifahrer-Rotarmist!«

Mugele versteht nicht. Ja, er wird Monate brauchen um zu begreifen, was den gewiss schlecht bezahlten Zugbegleiter veranlasst hat, ein solches Theater aufzuführen. Der Mann hatte ein Bakschisch erwartet. Darauf konnte Mugele unmöglich kommen, hatten ihm doch zwei Chinajahre das Spicken abgewöhnt.

Erst allmählich dämmert ihm, dass der Junge und er um ein Haar dem Tod von der Schippe gesprungen sind. Wer hat gerade ihnen die tschuwaschische Tragödie erspart? Der alte Mann sei gelobt, der sich mit seinem Karren in die Wangfujing verlaufen hat. Eine Karin mit dunklem gelockten Haar taucht vor Mugele auf, die wie nebenbei einen Rat erteilt hat. Und niemals Ärztin sein wird. Das schmerzt. Schicksal, was hast du mit uns vor? Fahrig tritt er an den Käfig. Entfernt die Umhüllung, gießt frisches Wasser nach, krault den Papagei, der ihn so ganz in seinen Bann gezogen. Und nun nach Berlin rollt, der Retter.

Auf den Gesichtern der Mitreisenden, die einen Blick auf den Papagei werfen, ist ein Lächeln. Auf Fragen, die gestellt werden, antwortet Mugele einsilbig. Peter sucht einzuspringen, versucht es mit Chinesisch, wo ihm die Worte nicht fehlen. Aber es sind keine Chinesen im Waggon. Die Fröhlichkeit des Reisens ist verflogen. Und wieder trifft der Hammer auf Stahl. Brest. Staatsgrenze.

Nun keine Vorkommnisse mehr. Polen sind Gentlemen, auch der Zoll lässt sich nicht beirren. In Warschau steigen zwei Armeeoffiziere ins Abteil, ruhige Leute, in die Westgebiete abkommandiert. Bereiten sich zeitig zum Schlaf vor. Mugele muss sich eingestehen, nun doch aufgeregt zu sein. Hastig schiebt er den Käfig unter den Tisch, garniert das Dach mit den Hosen und Strümpfen des Jungen. Lebhaft stellt sich Mugele die Grenzkontrolle daheim vor, also rau und herzlich, nach Landessitte. Jakob, vor Gesundheit strotzend, wird wohl doch bei Tierparkdirektor Dathe in der Quarantäne landen, vier Wochen Einzelhaft, mutmaßt er. Peter fragt zum wievielten Mal nach seiner Mama. Nach einer unruhigen Nacht ist es dann soweit. Die Oder. Der Bahnhof. Nun, grüner Papagei, zeig, dass du stille sitzen kannst. Die Staatsmacht tritt ins Coupé, korrekt und ein bisschen barsch. »Guten Morgen! Ihren Pass bitte. Wo kommen Sie her? Dienstlich? Was zu verzollen …? Tee? … Zigaretten? … Kaffee? … Spirituosen?« –

O Glück: Nach Papageien haben sie nicht gefragt. Und Jakob hat den Schnabel gehalten.

Nur noch ein Katzensprung: Berlin, der vertraute Bahnhof. Die Hauptschäden scheinen behoben, die verglühten Träger sind ausgetauscht, abgedichtet das Dach. Doch dieser Bahnhof, in den Mugele jetzt einfahren wird und der einmal der Schlesische hieß, ist eine windige Angelegenheit geblieben. Isa entdeckt sie zuerst, wie sie aus der Tür klettern, greift sich den Jungen, küsst und umarmt und wirbelt ihn, dass der kein Wort herausbekommt. Erst als sie aufschaut, wie sich Mugele mit einem Lederkoffer und einem Käfig quält, aus dem ein Aufschrei dringt, entfährt ihr ein Begrüßungswort: »Konstantin, du bist verrückt.«

Und ein schlanker dynamischer Mann drängt aus der Menge, lachend, schüttelt die Hände, packt Mugeles Koffer. »Alter Junge, willkommen. Du machst Sachen. Gut, dass du heil zurück bist.«

»Mensch, Erbse, ist ja eine Ewigkeit her …«

»Komm, quatsch nich, det machen wa andermal. Ick fahr euch rasch zuhause.«

Das ist Erbse, denkt Mugele, Erbse wie immer. In der Schule waren wir ja nicht zusammen, erinnert er sich, aber im Kiez spielten wir im selben Bombentrichter. Und nach dem Kladderadatsch der Jugendausschuss, der antifaschistische. Ich wusste nicht genau, wie ich mich da nützlich machen könnte, sinniert Konstantin, aber Erbse meinte: »Ick kümmer mir um die Quäkerspeisung von de Schweden, un du sorchst für Kultur bis die Haferflockensuppe ausjeschenkt werden kann, einverstanden? Ick jarantiere dir, keener looft weg biste fertig bist mit'n ›Weberuffstand‹.« Und behielt Recht, denn alle lauschten wie die Mäuschen. Freilich wie hungrige Mäuse, und ließen sich geduldig vom Schicksal der schlesischen Weber 1844 erzählen, die auch nichts im Magen hatten. –

In der Koppenstraße steht Erbses Auto, ein blauer EMW 340, ein bisschen eng für alle, aber es geht ja nur bis zur Schönhauser. Rauf auf den Hof und nun den alten Hinteraufgang mit der engen Treppe vier Stockwerke hoch zu den Mugeles: Peter vorneweg, Isa mit dem Handgepäck, Konstantin schnaufend, den schweinsledernen Koffer im Griff, dichtan Erbse mit dem Käfig. Der chinesische Papagei wird zum Entsetzen der Hausfrau erst einmal auf den Esstisch gesetzt. In den alten Berliner Häusern führt der steile Dienstbotenaufgang direkt in die Küche.

»Wie heißt er denn?«, fragt Erbse.

»Er heißt Jakob«, sagt Peter, der seine Sprache zurückgewonnen hat.

»Das ist doch kein Name für einen Papagei«, meint Erbse.

»Und wie sollte, deiner Meinung nach, ein Papagei heißen?«, mischt sich Konstantin ein.

»Nun Koko, unbedingt Koko!«

Ist ja nicht abwegig, denkt Mugele, und für den Papagei, der immer noch nicht Deutsch kann, vielleicht eher zu erlernen. »Sei's drum«, sagt er. »Aber dann spielst du auch den Taufpaten.«

Das hat seine Logik, denkt Mugele. Denn Erbse war 1953 Trauzeuge, als Isa und Konstantin im Prenzlauer Berg heirateten. Sollte ein Maifest werden, aber es fand sich kein Standesamt, das am 1. Mai seinen Segen erteilen wollte. Musste als Ersatztermin der 30. April herhalten, statt Maiandacht Walpurgisnacht.

Und so war's denn auch. Ein kühler Tag. Wie das Brautpaar mit Strauß schon dicht vor dem Standesamt am Nordmark-Krankenhaus entlang hastet, war in den Krankenzimmern die Visite durch. Wer konnte, riss das Fenster auf, fläzte sich hinaus, um einen Sonnenstrahl zu erhaschen und die Brautpaare zu necken. »Überlegt's euch noch!«, schallte es von 0ben und fast wie im Sprechchor.

Das solcherart aufgeheizte Paar trat auf einen humorlosen Vollzugsbeamten, der die Zwei plus Trauzeugen und Begleitung in das Festzimmer führte, auf dem Grammophon eine Etüde von Chopin abspielte und alsbald über den heiligen Stand der Ehe schwadronierte. Das Paar suchte seine Verlegenheit hinter dem Hochzeitsstrauß zu verbergen, aber der Beamte hatte schon verstanden. Er änderte seinen Vortag abrupt zugunsten der Ehe im Friedenskampf der Völker. Das war zu viel, der Lachreiz nicht mehr zu unterdrücken. Der Beamte erklärte trocken:

»Offenbar fehlt Ihnen noch die erforderliche Reife zur Eheschließung. Ich bitte das Paar im Korridor Platz zu nehmen und dort die Trauung der übrigen Hochzeitskandidaten abzuwarten.«

Das brachte, walpurgisch, das Tagesprogramm hübsch durcheinander.

»Det is einmalich«, tröstete Trauzeuge Erbse.

Die mit Koko vorzunehmende rituelle Handlung war wesentlich konfliktfreier. Konstantin zerrt aus dem Handgepäck das Fläschchen mit dem Wasser vom Heiligen Baikal. Ein Spritzer perlt übers Federkleid, und Jakob heißt nun Koko. –

»Na, denn jeh ick erst mal. Jewöhnt euch schön ein. Ick komm ma wieda vorbei.«

Freilich kann Erbse Hochdeutsch, wenn er will. War doch mal Goldschmiedelehrling – aber wo gab's noch eine Goldschmiede in der zerschlagenen Stadt und vor allem – wo gab es Gold? Hat stattdessen die Arbeiter-und-Bauernfakultät besucht, sich später bei den Kunstwissenschaftlern immatrikuliert. Aber wenn er in den Prenzlauer Berg kommt, oder einem alten Kumpel vom Antifa-Ausschuss begegnet, dann quatscht er einheimisch. Mugele hält es ebenso, sein Berlinisch stellt sich immer mal ein.

Ehe sich das frisch vereinte junge Paar küsst und umarmt, berichtet Isa: »Die Lichtzentrale hat sich gemeldet, vergangene Woche schon, sie kommt auf dich zu.« Da kann man schon ins Grübeln kommen. Und Koko, der Papagei, muss schleunigst aus der Küche. In der schmalen Wohnstube wird rasch ein alter dreibeiniger Nähtisch frei gemacht und der

Käfig draufgesetzt. Und er darf auch rausklettern. Koko, nun weißt du, wie wir hier leben.

Konstantins Heimkehr geht wie ein Lauffeuer um, man will ihn sprechen und umarmen, weit über den Familienkreis hinaus. Rasch melden sich jene, die eine Zeitungsnachricht vom Absturz der TU erschreckt hat. Viele wollen von dem Land hören, in dem er gelebt und gearbeitet, denn China ist in. Man will Peter, den Dolmetsch, sehen. Auch Koko, der Papagei, lockt Enthusiasten ins Haus. Aber die erste, die am Abend mühsam die steile Treppe erklimmt und weint und lacht, Isa hat sie in der Ackerhalle angerufen, ist Großmutter Anna. Sie, HO-Fischverkäuferin, kommt direkt von der Nachmittagsschicht und herzt ihren Enkel, den einzigen. Der schreckt nicht zurück, wiewohl Pullover, Hände und Omas Gesicht kräftig nach Fisch riechen. Das ist ein Fest: An diesem Abend wird das große Wiedersehen und das soeben bestandene Staatsexamen der Schwiegertochter gefeiert. Oma hat Geschenke mitgebracht: für Peter eine Feuerwehr, eine Sepiaschale für den Papagei, für alle einen Räucheraal. Und übergibt ein Geldpäckchen »für den Haushalt«.

Den Papagei streichelt sie nicht, aber er gefällt ihr. Isa hat ihr Diplom und Konstantin ist glücklich und todmüde.

Alles geht so wie es geht. Im Schriftstellerverband, seiner alten Arbeitsstelle, wird Mugele gebeten, ein Wörtlein zu China zu sagen. Enthusiastisch schmettert er in den Saal: »Ich habe Chinas dreifache Ernte gesehen: Reis, Stahl und Verse!«

Spitz kommentiert Harald Hauser: »Das stimmt schon, was Mugele von den Chinesen sagt, auch im Spucken sind sie die Weltbesten.«

Mit seiner Mama spricht Bide Chinesisch, beide freuen sich, wie gut das klappt. Aber er muss sich an eine neue Welt gewöhnen, in der es Schwarzbrot und Schrippen, Milch, Käse, Butter und Kartoffeln zu essen gibt. Die Lebensmittelkarten sind abgeschafft. *Die DDR, die macht sich: Die Bockwurst kostet achtzig!* Die Trümmerlücken in den Häuserzeilen sind leergeräumt, da gibt es viel freien Platz zum Spielen. Aber keines der Kinder will hier Taiwan befreien. Auch im Kindergarten nicht. Er ginge noch lieber dorthin, wenn ihn die eifrige Kindergärtnerin, sobald ihm ein chinesisches Wort entschlüpft, nicht ermahnte: »Peter, ein deutsches Kind spricht Deutsch.«

Als die Eltern das bemerken, ist es schon zu spät. Er mag nicht mehr. Als er nach ein paar Wochen wieder Chinesisch sprechen will, kann er es kaum noch. Und Mutter kommt am Abend spät aus der Bibliothek und beide sind müde.

Isa weist die Brieftasche vor und sagt: »Bald ist Ebbe. Miete, Gas, Licht, Zeitung und Versicherung, Essen und Vogelfutter – will alles bezahlt sein. Das Stipendium ist ausgelaufen. Mit der Aspirantur, das wird schon klar gehen, aber die Mühlen mahlen noch …«

»Schon gut, Isa, ich hab's ja verstanden. Pinunze muss her. Aber erst noch muss ich zum KuBa. Das Baikalwasser trocknet mir noch weg.« Und sucht ein paar Fotos zusammen. Findet er auf die Schnelle noch was Chinesisches für Ruth und den Jungen?

Die Holzkiste ist noch nicht eingetroffen. Er blättert KuBas Chinareportage durch. Ah, die alte Shen, KuBas Dolmetscherin damals und von dem rotschopfigen Reporter bewundert und gerühmt, ist inzwischen als Rechtselement und Guomindang-Agentin angezählt. Ob er das dem Freund aufs Butterbrot schmieren soll? Und stößt im Buch auf ein tangzeitliches Papageiengedicht von Zhu Qing-yu. »Hör mal, Isa, KuBa hat's nachgedichtet:

In den Frauengemächern

Es war die Zeit der Blumen,
verschlossen das Haus.
Die schönen Mädchen ruhten
im Schatten aus.

Ihr Herz war voll,
sie sprachen sich nicht frei –
zu ihren Häuptern hing
geschwätzig ein Papagei.

Kann uns nicht passieren. Also auf nach Warnemünde.« Konstantin erhebt sich, geht ins Wohnzimmer und sucht im Käfig eine schöne Feder.

»Na, Alter«, sagt KuBa, obwohl er doch der Alte ist, sie sind fünfzehn Jahre auseinander, »setz dich. Erzähle.«

»Ich hätte nicht fortgehen sollen. Jetzt wird's spannend. In der Wirtschaft Chinas gibt es Aufschwünge, sagenhafte, aber womöglich gehen sie an die Substanz. Und: Alles aus eigener Kraft. Aber der Enthusiasmus der Vielen ist ungebrochen.«

KuBas Frau und der kleine Jochen sind nicht daheim. Nach englischer Art braut KuBa einen starken Tee, mit viel Sahne und Zucker.

»Und Mao?«, fragt er.

»Ist unbestritten«, sagt Konstantin, »verehrt, geliebt, möglicherweise gottgleich.«

»Das ist wohl so bei Bauernrevolutionen, erst mal«, meint KuBa. »Als ich dort war, das Wort, das ich am meisten hörte, war: ›Aber seit Mao …‹«

»Was ich in den Straßen oft vernahm, kam aus Kindermund, der zutrauliche Ruf: Großer sowjetischer Bruder. Wir sehn nun mal so aus wie die Experten aus Russland. Wenn man draußen im Lande mal so einem begegnet, will man's halt wissen und fragt: Wann steigt der nächste menschgemachte Mond? Aber sag: Wie brüderlich sind die Chinesen und die Sowjets miteinander ganz oben, ich meine Mao und Nikita?«

»Sie krachen sich wie die Kesselflicker, eine Tragödie«, sagt KuBa, und fragt: »Aber wer hat recht?« –

Das weiß auch Mugele nicht. Jedenfalls ist es verwirrend und schlimm.

»Und wie steht's bei uns zu Haus?«, fragt Konstantin.

»Die Landwirtschaft, das ist doch schon vom Zug aus zu erkennen: ein Flickenteppich. Der Bauer braucht Zeit. In der Industrie zieht die Produktion an«, sagt KuBa. »Es wird auch wieder eine Preissenkung geben. Aber in der Kultur geht's drüber und drunter, hü und hott. Becher verstand ja noch was davon. Fastend hat er sich nun todgehungert – für die ideale Gestalt. Tragisch. Weißt du, das Gestelzte und das Behäbige, wir werden es nicht los. Die jungen Dichter lassen sich 'n Bart wachsen und spielen verrückt – die Alten, kaum noch Haare auf'm Kopf, machen's nicht besser. Nicht so im Ostseebezirk.«

»Was macht ihr anders?«, fragt Konstantin.

»Will ich dir sagen: Wir bauen auf die Talente. Auf Rügen fangen wir an. Wir krempeln die ganze Insel um. Tänzer, Sänger, Laienspieler, Musikanten aus hundert Grüpplein und Zirkeln bereiten für nächstes Jahr ein Fest vor, Soldaten aus Prora sollen dazu stoßen, Oberschüler aus Bergen. Perten rückt mit Schauspielern vom Volkstheater an. Sind dann 2.000 auf den Brettern. Da wächst Kultur von unten, verstehst du? Stell dir vor: Zu Wasser und zu Lande – alle auf einer Bühne. Und die baun wir in Ralswiek. Am Bodden eine Naturbühne, verstehst du, wunderschön mit Regenbogen oder Sonnenuntergang. Toi, toi, toi. Schaffen Platz für 5.000 Besucher, Abend für Abend. Reiter werden wild über's Schlachtfeld stürzen, das macht die GST. Schiffe werden geentert und versenkt. Und alles für die Likedeeler und Claus Störtebecker. – Das wird mein Kontrastprogramm zur seichten Muse aus Berlin. Ich schick dir 'ne Einladung zur Premiere. Dann vergleich mal: Wir hier und das blasse Zeug vom Fernsehfunk!«

»Und das Drehbuch ist von dir?«, unterbricht Konstantin.

»Ja, ich nenn's Ballade vom Claus Störtebecker, jetzt schreib ich sie ins Reine. Aber es gibt noch viel Ärger mit der Bürokratie: Wer gibt den Soldaten vier Monate frei? Ich seh sie schon, die Ostsee-Urlauber. Den ganzen Sommer über werden sie aus den Seebädern herbeiströmen. Wer baut die Zufahrtswege? – Nächste Woche geht's nach Berlin, ins Hohe Haus. Hab einen Termin beim Schmied, nicht beim Schmiedel.«

»Dann guck doch rein bei uns. Begrüße einen grünen Papagei. Hier hast du seine Feder.«

Konstantin skizziert seine Geschichte, schließend: »Ihm wird jeder Wunsch erfüllt, Koko hat bei uns lebenslänglich.«

»Den guck ich mir an«, sagt KuBa. »Den guck ich mir zweimal an.«

Ehe Konstantin sich verabschiedet, überreicht er noch, in der Freude des Wiedersehens hat er es beinahe vergessen, das Fläschlein Wasser vom Baikal.

»Konstantin«, sagt KuBa, »du hast Gemüt.«

Wie sieht das die Lichtzentrale am Rosa-Luxemburg-Platz? Sie hat Mugele zu einer Unterredung geladen. »Guten Tag, Genosse«, begrüßt ihn Genossin Änne. Sie leitet die Kaderabteilung, der sich Mugele offenbaren soll. »Nun lernen wir dich einmal kennen, wo doch schon Gutes von dir zu hören war. In unsern Unterlagen fehlst du, hattest ja keine Funktion im Partei- und Staatsapparat, hast keine Parteischule besucht, auch nicht auf Kreisebene – wie sollen wir da von dir wissen?«

Genossin Änne erhebt sich von ihrer Schreibtischbarriere und bittet ihren Gast an ein Tischchen. Konstantin sitzt einer Frau in den 60ern gegenüber, einer freundlichen, halb mütterlich, halb gestreng.

»Wie bist du zu uns gestoßen?«, fragt sie.

Ui, die Antwort wäre ein Roman, denkt Konstantin. Sollte er vom Leben am Rand des Scheunenviertels berichten? Vom Krieg? Sollte er Heinrich Heine und Carl von Ossietzky nennen? Worauf lief das hinaus?

»Im Prenzlauer Berg habe ich die neu entstandenen Parteien in ihren Versammlungen erlebt«, kürzt er ab. »Da war ich siebzehn. Richtig gut gefielen mir die Liberalen mit Papa Külz. Die hatten die geschmackvollsten Plakate. Alle mit dem Thema Freiheit. Das gefiel mir. Doch im Stadtbezirk? Zu den Gewerbetreibenden passte ich nicht. Ging auch noch zur Schule. Eingeprägt hatte sich mir, dass in der finsteren Zeit, Straßen und Menschen ruinös, an manchen Hauseingängen ein einsames Lämpchen leuchtete, oft nur Glühbirne an einem Stück Kabel – das war in Berlin dem Vorschlag der KPD geschuldet.

Die Kommunisten als Lichtbringer – Genossin Stengel, du verstehst – für einen gelernten Katholiken, der sich mit Luzifer auskennt, war das eine reizvolle Entdeckung.«

»Und heute besuchst du die Lichtzentrale und wunderst dich …«

»Was habt ihr vor? Um es gleich zu sagen: ich möchte nach China zurück, das passt zu meiner Familie ...«

»Das dachte ich schon. Doch Genosse Bernhard Ziegler, Leiter der Kommission für Erleuchtung, fordert dich nachdrücklich an.«

»Davon verstehe ich nichts«, wirft Mugele ein.

»Das ist ihm klar«, sagt Genossin Änne. »Er hält es für einen Vorzug. Er will nicht, dass in seinem Vorzimmer Politik gemacht wird. Also nur Mut. Stoße dich nicht an dem hochgestochenen Namen der Kommission – es handelt sich keineswegs um abstrakt Spirituelles. Der Partei geht es um die Steuerung der Entwicklungsprozesse in Kultur und Künsten.«

»Wirklich, so was kann ich nicht.« – »Ist doch nicht schlimm. Begreif doch: Du kommst zu Bernhard Ziegler. Kaum ein Kader hat so lange die russische Kulturentwicklung erlebt und begleitet wie er. Übrigens: Professor Ziegler lobt deine Findigkeit. Seid ihr euch mal begegnet?«

»Mehrfach, aber immer nur kurz. Nachdem er 1954 aus der sowjetischen Emigration heimgekehrt war, traf ich ihn auf der Wartburg. Er muss was mit den Burgen haben. Leuchtenden Auges sprach er vom Hohen Meißner anno 1913. Der ist ihm gegenwärtig wie der Kampf um den Kessel von Welikije Luki. Die frühe Jugendbewegung ist ihm nahe, insbesondere jener Flügel, der gegen den Krieg auftrat und 1918 in München die Die Freie Sozialistische Jugend gründete. War zuständig, sagt er, ob bei den

Demonstrationen durch die Stadt die Kommunisten die Kanone mitziehen oder nicht. Der Pazifist mit der Haubitze – das beeindruckt mich schon.«

»Na, siehst du«, merkt Genossin Änne an.

»Nun sag auch, wie findig du bist…«

»So schlimm war das nicht. Die Gesellschaft zum Studium der Kultur der Sowjetunion hatte Professor Ziegler nach Hannover entsandt«, sagt Mugele. »Als Kenner des Neuen Russland sollte er über die Völker des Kaukasus sprechen. Das war sieben Monate vor dem Verbot der KPD, und die Regierung war schon recht hysterisch. Die Vortragsreise sollte um zwei Orte erweitert werden. Genosse Ziegler wusste nicht davon, ihm hätten auch Geld für Reise und Unterkunft gefehlt. Der Professor war aber schon unterwegs, und die Gattin, eine Kinderärztin, kannte nur eine vage Kontaktadresse in Hannover-Hemmingen, Haus einer Jugendfreundin, ihres Zeichens Anthroposophin. Die könne mir weiterhelfen.«

»Nun und?«

»Die Anschrift stimmte. Am Stadtrand gelegen ein hübsches Häuschen mit gepflegtem Garten. Die ältere Dame, schlank, in langem Wollkleid, öffnete freundlich, stritt aber heftig ab, von einem Professor Ziegler gehört zu haben, gar zu wissen, wo der sich aufhalte …«

»Diese Situation kenne ich aus dem illegalen Kampf«, wirft Genossin Änne ein.

Ja, meine Anthroposophin war recht bestürzt, hat aber schließlich einen kräftigen, ziemlich bärbeißigen Mann herbeitelefoniert. Während der mich in die Stadt geleitete, nahm er mich recht ins Gebet: »Und Sie kommen aus Ostberlin? Und wollen zum Ziegler-Vortrag – zum Thema …?«

»Ich sage: Kaukasus!«

»Und Sie kennen Professor Ziegler?«

»Ich nicke.«

»Und er kennt Sie?«

»Nun ja.«

»Gut, ich bringe Sie hin. Aber wenn er Sie nicht erkennt – ich breche dir alle Knochen …«

So näherten wir uns den Völkern des Kaukasus. Im Hinterzimmer eines Gastwirts in Hannover-Linden löste mich der Professor aus. Der Bärbeißige murmelte: »Entschuldige, Genosse.« –

»Das will alles bedacht sein«, sagt Genossin Änne lächelnd, »und ich glaube, wenn nichts sonst dagegen spricht, ist für Professor Ziegler und die Kommission eine Kaderlücke geschlossen. Ich freu‘ mich. Ein Weilchen mag's dauern bis alles überprüft ist, und dann bist du, im Leninschen Sinne, Berufsrevolutionär. Das ist dann dein Parteiauftrag. Du hörst von uns.«

»Wie lange ist ein Weilchen?«, fragt Konstantin den Papagei und der weiß es auch nicht. Hast du im Hohen Haus nicht ein bisschen wirr gesprochen? Entwirren braucht Zeit. Doch die Deichsel steht wohl nicht nach China, mehr zum Rosa-Luxemburg-Platz. – Ist er traurig? Stolz?

Konstantin spürt Vertrauen, das rare beglückende Gift.

Ein Weilchen, o das kann dauern. Peter ist froh, dass Papa für ihn Zeit hat. Der erzählt Märchen. Die schaurige Geschichte von Hänsel und Gretel und der Hexe möchte der Junge immer aufs Neue hören. Koko freut sich, aus dem Käfig zu dürfen. Er zieht seine Runde, lässt sich auf dem Ofensims nieder und hat keine Lust herunterzukommen.

Notgedrungen entschließt sich Konstantin, die Arbeitssuche in die eigenen Hände zu nehmen. Sich bei diversen Verlagen, für die er Außengutachten geschrieben hatte, in Erinnerung bringen? Will er das überhaupt? Was ganz Neues anfangen! Er kramt einen Lebenslauf heraus und zwei alte Passbilder, die ihn jünger machen als er ohnehin aussieht. Mugele macht sich auf, in einem volkseigenen Betrieb anzuklopfen, und möglichst in der Nähe, sei's eine Klitsche.

Mit der Elektrischen fährt er zur Greifswalder, steigt um, fährt zur Ostseestraße. VEB Luftfilterbau steht über dem Werktor. Und es ist eine Klitsche. An einem Pfeiler hängt die Tafel mit den unbesetzten Stellen: Schweißer, Elektriker, Maler und so fort, wovon er nichts versteht. Beim Gang zur Kaderabteilung entscheidet er sich für Schlosser, wovon er auch nichts versteht.

Eine resolute Mittvierzigerin empfängt ihn hoffnungsvoll, und er will sie nicht enttäuschen.

»Ich möchte mich bei den Schlossern einarbeiten, als Anlerner.«

»Schlosser, Lohngruppe III, das bringt nicht viel. Freilich kommen Zuschläge dazu, Leistungslohn, bei

Planerfüllung auch Prämie«, sagt die Kaderleiterin geschäftig. »Wo haben Sie bislang gearbeitet?«

Mugele nennt die Studenteneinsätze im Stahlwerk Riesa und im Mineralölwerk Lützkendorf, die liegen ein Jahrzehnt zurück. Die letzten zwei Jahre habe er, entsandt von der DDR, in einem Pekinger Staatsbetrieb gearbeitet, der Auftrag sei nun erfüllt.

»Liegt was Besonderes an?« fragt die Kaderchefin besorgt und überfliegt den Lebenslauf, murmelt: »Abiturient, Neulehrer, Germanistikstudium ... Sind Sie Genosse?« –

Mugele bejaht: »Seit Mai 48.«

»Na, dann bitte ich gleich mal den Parteisekretär hinzu«, nimmt den Hörer: »Alfons, kannst du bitte mal rüberkommen, eine etwas komplizierte Kadersache. Danke.«

Genosse Alfons, ein kräftiger graumelierter Mann in blauer Kluft wird mit den Worten empfangen: »Das hier ist Genosse Mugele, knapp 30, hochqualifiziert mit Universitätsexamen. Wohnung braucht er nicht. Er will bei uns als Schlosser anfangen, aber Schlosser kann er nicht. Da denke ich...« –

Alfons fällt ihr ins Wort: »Willkommen, Genosse. Das Feilen und Schleifen, das lernst du bei Tummatsch. Er ist unser bester Meister, parteilos, freundlich, sogar geduldig. Er wird dir alles zeigen. Aber unsere Schlosser, wie sag ich's, sind nicht einfach. Ein wilder Haufen von Individualisten. Es ist gut, dass da ein Genosse hinkommt ...«

Ein Arbeiter steckt seinen Kopf in die Tür, wird aber von der Kaderchefin nochmal rausgeschickt.

»Aber lass dich nicht unterbuttern«, sagt Alfons. »Klimper wird's versuchen. Den erkennst du an seiner struppigen Mähne und der schwarzen Partisanenmütze. Aber er ist ein tüchtiger Arbeiter.« –

Man sieht es der Kaderchefin an, dass sie diesen Neuling nicht gern einstellt. Während Alfons und Mugele ein paar Worte wechseln, dass das Parteilehrjahr recht im Argen liege, ist sie aufgestanden und macht einen Betriebsausweis zurecht.

»Na ja«, sagt Mugele, »ich muss mich hier erst mal einfuchsen, hab ja was nachzuholen.« –

»Du kommst aus China, Genosse! Da rechnen wir mit chinesischem Elan«, sagt der Parteisekretär und verabschiedet sich. –

Die Kaderleiterin bringt den Ausweis, lässt Mugele unterschreiben. »Hier die Bons fürs Mittagessen. Lassen Sie sich im Depot einen Schlosseranzug aushändigen. Die Unterlagen von Ihrer vorletzten Arbeitsstelle lassen wir uns zuschicken. Na, dann bis morgen 7 Uhr. Ziehen Sie sich festes Schuhwerk an.«

Und Konstantin glaubt, nun eingestellt zu sein.

Ein Mann in blauer Bluse, drüber eine Joppe, Mugele, wird am Werkstor durchgewunken, geht zur Stechuhr. Meister Tummatsch weiß Bescheid und führt ihn zu zwei Blechgebilden, die wie riesige Zigarrenkisten aussähen, gäbe es da nicht Löcher und Ausbuchtungen.

»Das ist die Außenverkleidung des Filters«, erklärt er. Er macht dem Neuling vor, wie man vom Stahlblech, die Schweißnähte entlang, die Huckel, alle Unebenheiten mit dem Schlackehammer vorsichtig abtrennt, dann mit dem Winkelschleifer nachbessert bis die Fläche eben ist. »In der Nachbarabteilung wird dann Farbe aufgespritzt. Da darf kein Grat erkennbar sein. Das Blech muss glatt sein wie ein Kinderarsch.«

Er sagt es gütig, erklärt, wie die Schleifmaschine in den Händen gehalten und bedient wird. Kurz zur Seite blickend bemerkt Mugele, wie die Kollegen nebenan belustigt zuschauen. Und es klappt nicht. Immer wieder rutscht er ab, so sehr er sich müht. Immer wieder schreit der hohle Stahlkasten auf. »Vorsicht!«, ruft Meister Tummatsch, »das ist ein Schweinebraten!«

Mugele versteht nicht, und die Schleifhexe, anfangs passabel handlich, wird von Minute zu Minute schwerer.

»Ach, das wird schon«, tröstet Meister Tummatsch, verspricht auch wiederzukommen. Noch nie hat Mugele sich so heftig nach einer Pause gesehnt.

Das wird keine ruhige Pause. Die Männer setzen sich auf die gewohnten Holzbänke, schieben ihm einen Klappstuhl zu und holen ihre Stullenbüchsen raus. Einer fragt den Neuen, ob er Orchestermusiker sei. Ein Schlanker, Dürrer will wissen: »Warum tust du dir diese Drecksbude an? Hast du was ausgefressen?«

So ruhig er kann gesteht Mugele: »Ich will was ausfressen, Frau und Kind und mein chinesischer Papagei ebenso, und möglichst was Gutes und die ganze Woche über. Ich komme nämlich, vielleicht klingt's komisch? – aus Peking. Im Moment bin ich blank. Aber einen Einstand wird's geben, wenn was in der Lohntüte steckt.« Und beißt in seine Stulle. –

»Was hast du denn in China gegessen«, will ein Dritter wissen, »faule Eier und Hund?«

»Kann ich dir sagen: gallertartige Lehmeier sind erst mal ungewohnt, sehn auch merkwürdig aus, fast schwarz. Halbiere das Ei und mach es mit geriebenem Knoblauch und Ingwer an, dann einen Spritzer Sojasauce drüber – eine Delikatesse. Mit Hundefleisch wollten sie in Peking nicht aufwarten. Seit dem Koreakrieg haben sie keine Hunde in der Stadt außer einem Airdale Terrier und einem Deutschen Schäferhund. Die gehören einem Schweden und einem Amerikaner. Zwei Hunde für drei Millionen Pekinger, das wäre ein bisschen wenig. Aber in Kanton steht Hund auf der Speisekarte. Ich hab's nicht versucht.«

Mugele merkt, dass sich die Kollegen beim Kauen gern eine Geschichte auftischen lassen. Wie Klimper sich bemerkbar macht – Mugele hat ihn gleich erkannt mit seinem hohen schwarzen Barett voller Blechabzeichen und Orden ringsum, die er wohl Tag und Nacht nicht ablegt – wird es ernster: »Mich nennen sie Klimper, und wie heißt du?«

»Mugele«, sagt Konstantin.

»Also gut, Mugele, ich werde dir ein paar Tricks mit der Schleifhexe zeigen, jeder hier würde es tun, aber sag uns erst mal, was der Parteisekretär von dir wollte gestern bei der Kadertante? Hat dich Alfons umgenietet?« – Mugele ist überrascht, aber Klimper lässt nicht locker. »Du verstehst mich schon ...«

»Ob ich Parteimitglied werden soll oder will? In meinem Fall ein bisschen spät gefragt: Genosse bin ich schon lange, das bin ich mir schuldig.«

»Soso. Und du hast einen chinesischen Papagei? Und kommst aus China?«, will Klimper bestätigt haben.

»Ja.«

»Haste auch 'n Mao-Abzeichen?«

Die Kollegen schielen zu Klimpers Mütze und grinsen. »Werde ich nachgucken und dir meins mitbringen«, sagt Mugele, »du kannst es besser gebrauchen als ich.«

»Das würdest du für mich tun, Muggi?«

Jetzt hast du einen Spitznamen weg, denkt Mugele und ahnt zugleich: die Anstellung, nun ist sie perfekt.

Tummatsch kommt zur Pausenecke der Schlosser: »Könnt ihr nicht mehr? Jungs, es hat Eile. Und es ist ein Schweinebraten«, sagt der Meister. Klimper erhebt sich und die andern machen es ihm nach.

»Ein Schweinebraten?«, fragt Konstantin leise.

Ein Lehrling flüstert: »Det saacht der Meester imma, wenn eene Prämie drin is. Mit die beeden Filter isset sowieso klar, die jehn nach Leipzig zur Messe …«

Konstantins Arme schmerzen, Rücken und Beine auch, und der Tag ist lang.

Am Abend zu Hause, todmüde, wirft Konstantin sich auf sein Bett und schläft. Wird wach nach zwei Stunden. »Hast dich überanstrengt?«, fragt Isa. »Wie war's denn? So sag doch was.«

»Wo warst du, Papa?«, mischt sich der Junge ein.

Konstantin lacht: »Ich war an der Schleifhexe.«

Dem Jungen werden die Ohren heiß und rot. Anderntags wird Peter zum Kindergarten rennen und prahlen: »Gestern war mein Papa bei der Schleifhexe. Die hat ihn überanstrengt, sagt meine Mama.«

Von Tag zu Tag wird Mugele kräftiger, gelassener. Und so sind seine Tage: Straßenbahn, Straßenbahn; Schleifhexe, Pause, Schleifhexe, Mittagspause, Schleifhexe …

Nach der Arbeit legt er sich ein zwei Stunden hin. Alle wissen und respektieren das, auch der Papagei. Dann ist Mugele ausgeruht. Der Kopf ist frei. Er kann denken, lesen, schreiben. Er produziert, ein vergessenes Glücksgefühl. Die Straßenbahn. Die Lohntüte. Mugele bestellt Fachbücher, eins über Papageien, eins, ganz sinnlos, über Papageienzucht.

Am Sonntagvormittag klingelt es: Kokos Taufpate steht in der Tür. »Herein mit dir.«

Erbse bringt Blumen für die Examinantin. Erbse tobt mit dem Jungen herum. Erbse fragt Konstantin, wo sie mal in Ruhe was besprechen können. »Komm rüber zum Papagei. Er ist absolut verschwiegen.«

Erbse begrüßt Koko. Der Papagei wiegt sich auf seiner Stange, als wollte er tanzen. Erbse schlägt vor, demnächst einen Haken in die Zimmerdecke zu drehen und verspricht, für den Kupferbügel mit den zwei Näpfen ein Stück Angelschnur mitzubringen. »Und wie hast du dich eingelebt?«, fragt Erbse.

»Gut. Womöglich mach' ich das Richtige. Ich produziere Vorzeigbares. Den ganzen Tag über habe ich es mit vernünftigen Leuten zu tun, die sich die Butter nicht vom Brot nehmen lassen. Und ich schone meine grauen Zellen. Sie kommen mir spätabend zugute … Und, Erbse, was machst du?«

»Kunstgeschichte hat mir gefallen«, sagt der, »die Renaissance, speziell die italienische. Nun nur noch Hobby, wenn mir Zeit bleibt. Es geht selten nach den eigenen Wünschen. Ich hab's auch mit vernünftigen Leuten zu tun, aber die ahnen nicht, wie unvernünftig sie sind.«

»Biste bei die Jummiohren?«, fragt Mugele. –

»Konstantin, Konstantin – noch immer das lose Maul? Aber ich will nicht streiten mit dir. Du kommst aus der Welt, hast deine Sache gemacht, du kommst mit Menschen zurecht, Fremdsprachen, nicht dein Problem – du gehörst in die Welt, nicht in die Blechbude.«

»Meinst du nach China?«

»I wo. Von den vier Himmelsrichtungen, na rate mal, meine ich die nach Westen.«

»Erbse, im Reich der Mitte kennt man seit ewig der Himmelsrichtungen fünf.«

»Willst du mich verkohlen? Wie sollte es eine fünfte geben?«

»Zu Süden, Norden, Westen, Osten, gibt es in China die Richtung Mitte.«

»Das ist merkwürdig. Nein, ich meine die andere Welt, die ziemlich mächtige alte. Nicht einen Erfolg gönnt sie uns, nicht den kleinsten, möchte uns am liebsten den Hals zudrehen, verstehst du?«

»Erbse, ich bin nich doof. Na klar wolln sie uns an den Kragen. Klauen uns die Kapazitäten weg, befreien uns von Landarzt, Ingenieur oder Chemieprofessor, weiß ich doch. Nennen uns Brüder und Schwestern hinter dem Eisernen Vorhang, aber trotz der riesigen Steinkohlehalden verkaufen sie keinen Krümel Kohle an die Ostzone. Nicht einmal den Namen lassen sie uns.«

»Stimmt alles«, sagt Erbse, »ist aber nicht mein Gebiet. Ich bin, das bleibt unter uns, mit der westdeutschen Aufrüstung befasst. Was wir wissen müssen, und sehr schnell, sind, ich sag's verkürzt: Truppenbewegungen, vor allem die geheime Planung.«

»Und das ist nicht mein Gebiet, Erbse. Ist aber auch nicht so schrecklich neu. Schon der alte Sunzi, Denker und Militärstratege im sechsten Jahrhundert vor unserer Zeitrechnung, hat da ein Traktat über die Kriegskunst geschrieben, sehr gescheit, auch über die Notwendigkeit von Spionen ...«

»Konstantin«, Erbse sagt es mit Schärfe, »ich spreche nicht von Spionen, ich spreche von Kundschaftern.«

»Und wo, bitteschön, ist der Unterschied? Die eigenen, wie immer wir sie nennen, sind die Guten, sind sie auch – die anderen, ist doch klar, die Bösen. Daran wird sich nichts ändern. Wer obsiegt, wird richten. Ich bin vor fünf Wochen dank dieses Papageien dem Tod von der Schippe gehopst. Inzwischen, und es tut mir gut, befasse ich mich mit Stahlblech. Und übrigens mit Gedichten.«

»Nimmt dir doch keiner. Ist schön, wenn du das kannst. Uns interessiert: Sind die Wege offen?« Ein Augenblick der Stille tritt ein. »Hast du Angst, Konstantin? Sprich dich aus … Meinst du, ich würde dich ins offene Messer laufen lassen? Mit niemandem habe ich so freiheraus gesprochen, offener als es jede Dienstvorschrift erlaubt. Wir kennen uns lange. Eine Tippeltappeltour gibt es auch bei uns. Die ersparen wir dir. Mit links erlernst du ein paar Verhaltensregeln speziell zum eigenen Schutz.«

»An was denkst du da?«

»Konspiration ist das A und O. Für das Operationsgebiet erhältst du eine andere Identität, auch einen neuen Namen.«

»Das heißt, du taufst mich um.«

»Wenn du's so nennst … Du kannst dir den Namen auch aussuchen.«

»Will ich denn, Erbse? Vom Bahnhof hast du mich abgeholt. Das war lieb. Du hast meinen Papagei vier Treppen hoch geschleppt und ihm stante pede einen neuen Namen verpasst: Jakob – plauz war's Koko. Mit einem Papagei geht das. Ich hab's hingenommen, weil du's bist. Hatte keine Ahnung, das machst du immer so. Übrigens: Bei meinem Aufenthalt in Moskau hat mir ein fahrender, will sagen führender Sowjetbürger eingeschärft: ›Tschelowjek nje popugai.‹«

Gab's Streit? Dazu ist Erbse zu klug. Er zeigte sein feines Lächeln. Und er hält, was er versprochen hat. Von der Decke der Wohnstube hängt die Angelschnur mit dem Kupferbügel. Das ist Kokos neuer

Lieblingsplatz, schwebend. Und Konstantin muss mit einer alten Erfahrung zurechtkommen: Wer Vögel nähret, dem wird ihr Unflat zu Lohn.

Schnee ist gefallen, aber die Leute vom Prenzlauer Berg zertrampeln die Pracht. Der Wind bläst Ruß durch die Straßen. Heute kommt Mugele mit einem Gast nach Haus. »Zeigst du mir deinen Chinesen, Muggi?«, hatte Klimper am Ende der Schicht gefragt.

»Na klar, aber wann?«

»Am besten gleich, ich hab' ein Geschenk für den Papagei.«

Kokos Verkündung durch alle Türen hindurch ist bis in den Treppenflur zu hören. Ein Hüne tritt in die Küche der Mugeles, struppig das schwarze Haar, das unter dem Barett hervorquillt. Er begrüßt das Kind, das am Tisch sitzt und tuscht. „Weißt du wer ich bin?" fragt er den Jungen. –

»Du bist ein Bär«, sagt Peter, und Klimper lässt es sich gefallen. »Ihr habt es gut in der Höh«, sagt der, guckt rundum und rühmt die Platane im Hof. Als Klimper das Wohnzimmer betritt, klopft Koko auf seine Schaukelstange.

Isa legt das Chinesisch-Wörterbuch zur Seite. »Ich habe schon viel von Ihnen gehört, eigentlich jeden Tag«, gesteht sie.

»Hoffentlich Gutes«, meint Klimper, »ich bin der Schrecken des Luftfilterbaus, stimmt's, Muggi?«

»I wo«, begütigt Konstantin, »du bist der Schrecken der Pfuscher.«

»Wenn schon, denn schon«, sagt Klimper, »machen wir nun Sozialismus oder nich? Aber es dauert viel zu lange. Die Leitungen sind faul, un wir Muschkoten tricksen und klaun. Das passt nicht zueinander.«

»Nun übertreib' nicht, Klimper.«

»Aber es ist so«, bekräftigt der Gast und wendet sich dem Vogel zu: »Du bist hier, höre ich, der Wachhund. Hab dir ein Knöchelchen geschnitzt – nun schnitz' weiter.«

Der Papagei greift nach dem Hölzchen – und schnitzt. Klimper rückt sich einen Stuhl heran, guckt dem Vogel ins Gesicht, guckt und staunt. Als sich Klimper vornüber beugt und einnickt, gehen Isa und Mugele leise aus dem Zimmer und machen in der Küche ein Abendbrot zurecht.

Konstantin holt Bier aus dem Fensterspind. Peter zeigt sein Bild: Die Gute Hexe reitet auf einem Besen in den Kindergarten.

Später, beim Bier, sagt Klimper: »Mir gefällt dein Papagei, Muggi. Und dass du deine Meinung sagst. Auch wie gelassen du unsern Spott erträgst. Wir dachten doch …« –

»Schon gut«, sagt Mugele. »Und mir hat es bei euch gefallen …«

»Schade«, sagt Klimper, »ich ahnte doch, du wirst wieder fortgehen.«

Wenn Mugele an die Zeit im Luftfilterbau denkt, wird sie ihm als eine glückliche vorkommen. Und nicht nur der Gedanken wegen, die ihm der Arbeitstag ließ. Die in blauer Bluse sind es, die die Welt voranbringen. Und weiß, das ist eine Metapher. Sie sind es, die den Reichtum schaffen. Gehen des Morgens müde ans Werk, schuften unter miserablen oder passablen Bedingungen den langen Tag. Müde kehren sie am Abend nach Haus. Salz der Erde … Das war so, bleibt das so? Tief innen fühlt er sich den Genossen verbunden. Zu ihnen gehört er auf der ärmeren, der glückhaften Seite der Welt, zehn Jahre schon. Aber die erste Möglichkeit und Bitte, sich der feindlichen Seite offensiv entgegenzustellen, wirklich in den Kampf einzutreten, sei's sich Beulen zu holen, die schlägt er aus. Und verweist auch noch auf seinen Papagei. Nein, sehr mutig bist du nicht, Mugele.

Wenn der Papagei sich im graugrünen Wams plustert, fühlt er sich sicher und gut. Doch die Metallkette am Fuß, wiewohl sie den Freigang ermöglicht, ist keine so tolle Erfindung … Auch Mugele merkt das, denn unermüdlich sucht er eine Fußfessel aus leichtem Werkstoff herbeizuschaffen. Mit der Plastikkette für Ausguss- oder Badewannenverschluss glaubt er ihn gefunden. Ein Irrtum. So war es im Tagesablauf des Papageien gewiss ein erhebender Augenblick, als der die neue Kette durchbeißt und sich einen Ausflug gönnt. Am Einband von Uljanows »Empiriokritizismus« erprobt er seinen Schnabel. Später wirft er vom Ofensims her Reste der Kette, Glied für Glied, dem heimkehrenden Konstantin vor die Füße. Die Lektion ist deutlich: Nie wieder Ketten.

Weihnachten und Neujahr sind vorüber. Der Kalender bezeugt das Jahr 1959. Da bricht Mugele vom Hinterhof mit Platane zur neuen Arbeitsstelle auf. Mit der U-Bahn, Richtung Ruhleben, fährt er zwei

Stationen, läuft an der Volksbühne entlang und steht vor der dem Hohen Haus zugeordneten Lichtzentrale. Am Einlass erhält er einen Vorläufigen Passierschein und begibt sich zum Büro Ziegler. Der kleine Mann tritt zu der korpulenten, wortkargen Sekretärin, »Genossin Gerda« stellt sich vor und wünscht gute Zusammenarbeit. Er bekommt sein Zimmer gezeigt. Es ist einfach und praktisch ausgestattet, an Möbeln zwei Bücherregale sowie eine kleine Besuchergarnitur, ein Panzerschrank. Wozu den? Auf dem Schreibtisch steht ein Blumengruß, mitten im Winter, am 15. Januar.

Der Chef sei ein paar Tage in Leipzig, bei den Malern. Er empfehle ihm, sich in Ruhe einzuarbeiten, die Post durchzusehen. »Morgen zeig ich dir alles. Du musst dich im Regierungskrankenhaus vorstellen – das hat ein paar Tage Zeit. Aber erst mal solltest du rüber ins Große Haus. Dort gibt Genosse Sindermann, gerade aus China zurück, vor den Politischen Mitarbeitern seinen Reisebericht. Anschließend kannst du an Ort und Stelle die Formalitäten erledigen. Geh auch gleich zur Waffenkammer.«

Auf, auf zum Kampf. Mit China – das fängt gut an. Und ist ein bisschen verwirrend. Konstantin streift sich den Mantel über. Der Weg zum Haus der Einheit, das sind dreihundert Schritt. Du gehst der Straße deiner Kindheit entgegen, die einmal Lothringer hieß. Das große Eckhaus an der Prenzlauer Allee, damals Kaufhaus Jonas, das wird dein Winterpalais. Nun muss er doch lachen.

Der große Saal, den Mugele betritt, füllt sich rasch. Ein wenig hat er Zeit, sich die Gesichter anzusehen. Er merkt, wie er jenes besondere Leuchten in den Augen sucht, das Anna Seghers in den Augen der Revolutionäre entdeckt hatte. Er sieht, so sehr er sucht, gewöhnliche Leute, sauber und ordentlich angezogene. Schon tritt der Referent in den Saal, beginnt ohne Umschweife seinen Bericht über die so ferne Volksrepublik. Er ist hingerissen vom Elan des Großen Sprungs, dem er im November drei lange Wochen in Nord und Süd begegnet sei.

Ein guter Redner, denkt Mugele, aber er reist hastig, guckt und notiert hastig. Die Puddelöfen fehlen nicht. »Und nehmt den Analphabetismus in Volkschina, Genossen, diese uralte Geißel – heute so gut wie ausgerottet. In Schanghai zum Beispiel …«

Es folgen aus einigen Küstenstädten staunenswerte Prozentzahlen. Aber Konstantin ist bereits von dem Gedanken abgelenkt, dass sie im Mittereich gar kein Alphabet haben. Sie haben die uralte Bilderschrift, die zu erlernen Anstrengung verlangt und den raschen Erfolg ausschließt.

Beifall füllt den Saal am Ende der Ansprache, und der Redner, ein höflicher Mensch, lächelt und erkundigt sich, ob es Fragen an ihn gebe. »Das scheint nicht der Fall …« Aber es scheint nur so, denn Mugele meldet sich und benennt seine Verwunderung. Er sei zwar schon seit Oktober von dort zurück, und alles, alles in Fernost vollziehe sich stürmisch, aber abseits der Städte, bei den Millionen Dorfbewohnern, gar in den entlegenen Bergregionen, stehe der

Lernerfolg noch aus. »Jedenfalls im Oktober war es so.«

Ob des reichlich Unüblichen gucken die bewährten Kader auf den Neuling neugierig und nicht ohne Sympathie. Horst Sindermann dankt für den Einwand und verspricht, sein Zahlenmaterial zu überprüfen.

Sodann: Mugele erhält im Haus die schon bereitliegende rote Klappkarte und in der Waffenkammer eine Makarow-Pistole, plus Munition. »Wozu?«

»Zum persönlichen Schutz. Die Abteilungsleiter bekommen die Makarow. Du weißt mit ihr umzugehen? Schließ sie gut weg, Genosse. Zum Schießtraining draußen kriegst du rechtzeitig Bescheid.«

Da steckst du nun, Mugele, Pistole, zwei Magazine, Putzlappen und ein Kännchen Öl in deine Tasche. Du bist Berufsrevolutionär. Oi, oi, oi. Er geht zurück in die Lichtzentrale und besichtigt aufmerksam seine »Abteilung«. Genossin Gerda sitzt hinter einer großen Adler-Schreibmaschine.

Was liegt weiter an am ersten Arbeitstag? Wie der Teufel so spielt, sind Akten zu tilgen. Mugele geht mit einem Jutesack nochmals rüber ins Hohe Haus, diesmal begleitet von einem jungen Sicherheitsoffizier in Zivil. Muss tief in den Keller zu einer alten Kollermaschine. Der Haustechniker wartet schon, schmeißt nun Kollergang plus Wasserzufluss an, und Mugele wirft Papier, Papier, überholtes Zeug, Vorschläge vielleicht, Beurteilungen, Redeentwürfe, weiß der Kuckuck was, in einen gierigen grünen Trichter. Am Ende platscht aus einem Rohr eine dicke graue, mal mehr bläulich irisierende Pampe in eine Tonne. Denkt er, dass unter allen chinesischen Erfindungen das Papier die folgenreichste war? Ahnt er, wie und in welchen Orkus in ein paar Jahren oder irgendwann die eigene Lebensenergie verschwinden könnte? Ja, durchaus! Und sehnt sich nach einem Blechgehäuse, das Meister Tummatsch einen Schweinebraten nennt.

Im Haus, im Freundeskreis spricht es sich herum, dass Koko, seinen Schnabel schärfend, viel Holz verschleißt. Man müsste im Wald wohnen, denkt Mugele, oder wenigstens einen Garten mit Gehölzen haben. Aber Nachbarn und Freunde springen ein. Sie schleppen Großmutters Wäscheklammern herbei, die pur hölzernen aus einem Stück. Mit Drahtklammer gefertigte nimmt Konstantin nicht. Niemand darf den Papagei gefährden. So kommt man, wenn man sonst kein Bewerbchen hat, mit dem Klammerbeutel zu Mugele. Eine lebhafte Runde ist garantiert, und Isa sehnt sich nach einem eigenen Arbeitszimmer.

Der Leiter der Kommission für Erleuchtung ist von seiner Inspektionsreise zurück. Er begrüßt seinen Assistenten und lädt ihn zum Mittagessen ins Hohe Haus, wie gesagt, 300 Schritte entfernt. Der persönliche Begleiter hätte den Professor, den Bestimmungen gemäß, lieber im SIM dorthin eskortiert, aber der rüstige Mann durchbricht gern einmal das Protokoll. An einem länglichen Tisch sitzt das halbe Politbüro, auch Walter Ulbricht, speisend. Bernhard Ziegler grüßt hinüber, und führt seinen Mitarbeiter an einen Einzeltisch. »Such dir was auf der Speisekarte. Doch zuvor: Was trinken wir? Ich empfehle was Gesundes, ein Glas Tomatensaft.«

Das kennt Mugele nicht, erfährt auch, dass die DDR das Getränk aus Bulgarien beziehe. Der Trank ist kühl und schmeckt würzig. Auch die Forelle ist gut, die eine Serviererin aus der Küche bringt. »Ich freue mich, dass alles überstanden ist«, sagt der Professor. »Von deinen Skrupeln habe ich gehört. Ich versteh sie gut. Alles, was wir machen, ist Neuland betreten. Der Kapitalismus hatte seine 400 Jahre Zeit, sich auszubilden und durchzusetzen. Der Sozialismus ist jung, hatte kaum 40 Jahre. Und unter was für Bedingungen! Das prägt auch die individuellen Schicksale. Fehler waren unvermeidlich. Als Komintern-Mitarbeiter hatte ich mich 1924 in Moskau für ein tiefer gehendes Studium des Dialektischen Materialismus beworben, als mich Manuilski einbestellte und mir eröffnete: ›Packen Sie Ihre Sachen. In zehn Tagen übernehmen Sie in Paris die Parteihochschule der KPF.‹ – ›Aber ich wollte grade mein philosophisches Wissen …‹ – ›Wir wissen schon, was Sie wissen‹, unterbrach mich Dmitri Sacharowitsch. Und so wurde ich für zwei Jahre Direktor der französischen Parteihochschule.«

Mugele guckt verdutzt von seiner Forelle auf. Ziegler fügt noch eine Anekdote über seinen Vater an. Der sei ein im Rheinland recht bekannter Arzt und Gelehrter gewesen. Als junger Mann habe er Etruskisch lernen wollen. Niemand war da, der es ihm beibringen konnte. So habe er eine Annonce in die Zeitung gesetzt: Junger Etrusker erteilt Unterricht. Über ein paar Tage hätten sich drei, vier Enthusiasten gefunden und seien das Problem angegangen. »Will sagen: Am besten lernt man lehrend. – Im Elternhaus verkehrten oft ausländische Gäste. Bei Tisch wurde mancherlei Sprache gesprochen. Ich lernte sie alle. Und welche Sprachen sprichst du, Konstantin?« –

Der murmelt: »Englisch wohl recht gut. Russisch leider nicht, noch nicht. Chinesisch für den Hausgebrauch. Hatte auch Latein.«

Der Professor sieht ihn ein wenig mitleidig an, erlaubt ihm gleich, einen Sprachkurs Chinesisch an der Uni zu belegen. »Das wird schon alles. Nimm mir etwas Arbeit ab, ich hab da alte Skripte abzugleichen, verschiedene Fassungen. Geh bitte gleich morgens die Presse durch, West und Ost, streich das Wesentliche an. Vorträge, Lektionen – das mache ich selber. Halt mir ein bisschen den Rücken frei.«

Mugele sieht von der Seite einen graden, athletischen Rücken. Der Chef ist ein noch immer drahtiger Mann. Schaut dann aufmerksam in das Gesicht des Alten, der ihm zwei Generationen voraus ist und sich nun mit der Damastserviette sorgfältig den Mund wischt. Mugele dankt ihm für das Mahl. Der Professor verabschiedet ihn für heute und begibt sich zu den Kollegen vom Politbüro. Wieder geht Mugele die dreihundert Schritte. Denkt an die bevorstehende Arbeit. Vielleicht geht's mit der Methode »Junger Etrusker«? Aber was helfen Methoden, gar die beste, wenn mit dem scheidenden Winter das

Streufutter alle wird. Da beginnst er sich überraschend für Ernteerträge und den Außenhandel zu interessieren. Ein Papagei ist mit Blattsalat, Eigelb, Apfel und Mohrrübe allein nicht zu ernähren, er braucht auch Sonnenblumenkerne. Im Osten gibt es – warum genau? – Mängel in der Versorgung, zeitweilige und anhaltende. Westberlin ist für Mugele tabu. Im Unterschied zum Scheuerlappengeschwader, das für 20 Pfennige pro Putzfrau vor dem Frühstück von Ost nach West aufbricht. Ebenso die Kohorte von Handwerkern jeglicher Couleur, Kellnern, Ingenieuren, Arbeitern, die gleicherweise ausschwärmt.

Selbst viele Zehntausend Senatsangestellte, die in Ostberlin wohnen, wechseln so mit S- und U-Bahn im Zwölf-Minuten-Takt die Weltsysteme. Am Morgen bringen sie noch rasch die Sprösslinge in die Kindergärten des Ostens, abends, jedenfalls am Zahltag, kehren sie mit dem devisenträchtigen Geld des Westens heim, oder bereits mit dem getauschten Ostgeld (1:5).

In den Taschen die raren Südfrüchte und andere Gaumenfreuden. Fröhlich kaufen sie im Osten die knusprigen Brötchen, ein Sechser das Stück, die übrigen staatlich subventionierten Lebensmittel gleicherweise, wenn's sein soll, auch Kleidung und Schuhe, gehen kostenfrei zu jeglichem Arzt und für ein paar Märker zum Friseur, zahlen, monatliche Pflichtübung, für einen Spottpreis die Miete. In schlimmen Ansprachen ruft Herr Adenauer den Deutschen zu, sie müssten sich entscheiden zwischen Freiheit und Barbarei – die Grenzgänger machen es partout nicht. Derweil läuft im amerikanisch-britisch-französisch besetzten Teil der Stadt eine Kampagne: Ein kleines gestanztes Brandenburger Tor aus Silberblech wird unter die Leute gebracht, Abzeichen mit der Aufschrift: Macht das Tor auf! – Die Grenzgänger, sie befürchten das genaue Gegenteil: eines Tages könnte das Tor geschlossen sein, das Langhans erbaut hat. Aber so richtig kann sich das niemand vorstellen.

Mugele wohnt acht Minuten von der Sektorengrenze entfernt, sie zu überschreiten ist ihm ein fremder Gedanke. Und doch läuft er, mit dem Sohn an der Hand, ein tüchtiges Stück in den Französischen Sektor hinein, wenn es gilt, einen eiligen Brief des Professors an einen Mitstreiter in München auf den Weg zu bringen. Sonnenblumensamen für den Papagei – aus der Quelle West kann er sie nicht schöpfen. Auch das abenteuerliche Anerbieten einer befreundeten Moskauer Familie, einen Sack voll Papageienfutter einem Lokomotivführer der Strecke Moskau-Paris aufzudrängen – unmöglich! So ertappt er sich dabei, mal nach Potsdam oder nach Fürstenwalde fahren zu müssen, natürlich in höherem Auftrag, um für Koko, den Retter, Streufutter in den dortigen Zoohandlungen aufzutreiben. Oder – eben wegen der Streuung! – nach Jüterbog. Von dort bringt er seinem Professor die Nachricht, ein Dr. Falk habe ein vorzügliches Laientheater aufgezogen, in dem Schüler, Arbeiter, auch Handwerker zu eigenem Spaß und zur Freude der Stadt Theater spielen.

Dienstreise mit doppeltem Erfolg: Die tiefe Überzeugung Professor Zieglers wird neu unterfüttert: In Jedem, auch in den Jüterbogern, schlummern Talente, die die sozialistische Gesellschaft zu entfalten hat. Und: Der chinesische Papagei hat seine Kerne.

Inzwischen ist das Fachbuch über Papageienvögel geliefert. Konstantin studiert es aufmerksam. Sein grüner Papagei ist also eine Psittacula, gehört zu dem Dutzend der Edelsittiche. In dieser Gattung ist er der größte und farblich schönste, ein Wachsschnabelpapagei. Letzteres, sich früher Begegnungen erinnernd, kann Mugele, der Laie, weder verstehen noch bestätigen. Ein Earl of Derby soll ihn erstmals in Europa vorgestellt haben. Ihm sei der Fehler unterlaufen, die rot- und die schwarzschnäbligen Exemplare in getrennten Volieren gehalten zu haben und sei zu der Feststellung gelangt: »In Gefangenschaft vermehren sie sich nicht«. Solchen Quatsch, Koko, wollen wir mal nicht glauben. Aber dass du edel bist, wir ahnten es immer.

Willkommen also in der neuen Würde, Koko – Lord Derby's Parakeet, Psittacula derbiniana, Lord Derbys Edelsittich. Nun Näheres herauszukriegen, wer der zuständige Lord Derby war und worin sein Verdienst für die Vogelkunde besteht, macht Mühe. So gelangt Mugele auch in Spezialbibliotheken. Dann weiß er: Die Stanleys, britischer Hochadel, tragen väterlicherseits bis auf den heutigen Tag den Ehrennamen Lord Derby, egal ob sie große Schlachten geschlagen, geköpft wurden oder sich sonst hervorgetan haben: alles berühmte Politiker, Künstler, Wissenschaftler, Militärs, Müßiggänger, Kunstsammler, Parlamentarier, vom König, von der Königin ins Oberhaus berufene Lords, mit oder ohne Hosenbandorden. Ein uraltes Geschlecht, seitdem König Henry VII. 1485 Thomas Stanley mit dem Titel Earl of Derby bedachte.

Wer aber war der namensgebende Derby? Lord Derby XII. des verzweigten Clans, ein Pferdenarr, eher nicht, wiewohl er eine naturwissenschaftliche Bibliothek anlegte. Wiewohl er auf Knowsley Hall Gehege und Stallungen ausbauen ließ und in seiner Menagerie neben 94 Arten Säugetieren auch 318 Arten von Vögeln beherbergte. Tatsächlich war's der Sohn, Edward Smith Stanley (1775-1851), Earl of Derby XIII., seines Zeichens britischer Politiker, Grundbesitzer, Baumeister, Landwirt, Kunstsammler und Naturforscher. Er hielt sich in größerem Stil Papageien, gelegentlich auch Künstler. So den berühmten Maler, Limerick- und Nonsensdichter Edward Lear in den Jahren 1832-1836. Der schuf ein vorzügliches Buch zoologischer Illustrationen von Papageien, bot dabei erstmals keinen Abklatsch ausgestopfter Vögel, sondern zeichnete nach lebendiger Natur. Auf dem Landsitz gab es viel zu entdecken – die letzte Inventarliste zählt 1272 Vögel und 345 Säugetiere auf. Aber ob unser Lord Derby XIII. je in Indien oder China geweilt und in den Bergwäldern in 1.500 bis 4.000 Meter Höhe den Papageienschwärmen nachgestiegen ist, lässt sich verlässlich nicht sagen. Gewiss ist, dass er reich und hoch angesehen war. War generös. Man schmeichelte ihm, ja verzichtete ihm zuliebe auch auf eigenen Ruhm. Man brachte ihm als Ehrengabe exotisch fremdes Getier auf das Adelsgut Knowsley Hall. Aus drei Erdteilen stammten die Tiere, bei deren wissenschaftlicher Namensgebung man ihm die Patenschaft antrug – so der afrikanischen Riesen-Elenantilope (Taurotragus derbinianus), einem südamerikanischen Hühnervogel, dem Zapfenguan (Oreophasis derbianus) und eben dem Chinapapageien, Lord Derbys Edelsittich, (Psittacula derbiniana). Wer hätte das gedacht, Koko.

Von den Sorgen, die Konstantins Familie betreffen, wiewohl er manchmal danach fragt, weiß der Professor nicht, allenfalls flüchtig. Dabei ist manches für sie nicht Sorge, was andere schon auf die Barrikade treibt, mal der Engpass in der Fleischversorgung. Da scherzen Konstantin und Isa noch, wenn der Metzger statt Wurst und Schinken Blattpflanzen ins Schaufenster rückt. Was macht sie unempfindlich gegen Armseligkeit? Dass sie Kriegskinder waren, die gelernt hatten mit Not umzugehen? Dass sie sich Die Große Lehre vom Künftigen in Seminaren und Subbotniks zu Eigen gemacht hatten? Es ist vor allem das Urvertrauen in die Zukunft, das die Mugeles erfüllt. Und: Budjet. Budjet.

Isa, nun schon Aspirantin, erwartet ein zweites Kind. Hoffnungsvoll ist Konstantin in die Arbeiterwohnbaugenossenschaft eingetreten, zahlt mit Geld und Arbeitsstunden. Die AWG baut im nördlichen Pankow, in Wilhelmsruh, und wieder an der Grenze.

Nebenan der VEB Elektroapparatewerk Bergmann-Borsig. Baut Turbinen und elektrische Rasierapparate, beide ziemlich laut. – Für die Mugeles bleibt fraglich, wer oder was zuerst fertig in die Welt gesetzt wird: das Haus? Das Kind?

Das Kind. Familie Mugele nennt es Renate. War eine schwere, eine aufregende Geburt. Alle freuen sich, erregt ist der Papagei, der nun eine lebhafte Gefährtin in der Nähe hat. Es gefällt ihm, wenn das Baby nach dem Trinken aufstößt, recht geräuschvoll sein Bäuerchen macht, also hick! Da antwortet Koko der Kleinen, zur Freude der Familie, mit deutlichem: Hick! Nun wollen alle, wenigstens auf dieser Basis, mit dem Papagei ins Gespräch kommen, rufen Hick! Und hick! Vergeblich. Er missachtet Fälschungen. Sollen sie doch Hick! rufen, solange sie wollen. Er antwortet nur auf das, was inbrünstig aus unschuldiger Brust ertönt. Er ist ein Edelsittich.

Dem Genossen Ziegler gegenüber vom Papagei kein Wort. Der hat schon genug Vorbehalte. Er mag Balletttänzer nicht und auch nicht Germanisten. Was ist das eigentlich, Germanistik? – Mugele will es dem Professor nicht erklären und ist glücklich, nur in eine der zwei Kategorien zu gehören.

Mit dem alten Mann ist auszukommen. Wenn Mugele früh den Pack Tagespresse, und der ist riesig, überflogen und aufbereitet hat, kriegt er nachmittags, spätestens am Folgetag mit, was noch oder was vor allem beachtenswert war. Das Interesse des Professors ist weit gespannt, geht über die Künste, die Kulturtheorie bis in die Abgründe der Politik und der Börsenkurse. Aber der Professor gibt gern von seinem Wissen, auch von seinen Vermutungen, ab, mal wie nebenbei, mal nimmt er sich richtig Zeit. Sein Secretarius soll nicht unbedarft durchs Leben taumeln. Da greift er auf die Erfahrungen in vielen Ländern zurück, begeistert sich neu am Volksleben in den italienischen Tavernen, rügt das französische Kleinbürgertum, das in den Zwanzigern um seine Baku-Aktien zitterte und nach deren Verlust nicht vom Antikommunismus ablassen kann. Über die Gewohnheiten russischer Bauern und Arbeiter gibt er Auskunft, über den scharfsinnigen Lenin, dem er begegnet war. Ihn schildert er im Vergleich zum Beifall süchtigen Trotzki. »Eine Szene, die mir vor Augen steht. Moskau, Kolonnensaal. Trotzki, ein guter Redner gewiss, lässt sich feiern, wie er vom Pult her durch die Reihen schreitet und die Honneurs entgegen nimmt.

Gleichzeitig Lenin, der Stratege, hockt vorn auf den Stufen, eine Kladde auf den Knien, nimmt letzte Korrektur für seine Rede vor …«

Über Stalin spricht Genosse Ziegler zu Mugele nicht, kein Wort.

Halt, das stimmt nicht ganz. Einmal, gut gelaunt, kommt Ziegler aus der Politbürositzung, sagt: »Dass zwischen Polen und der Sowjetunion 1945 die Grenze willkürlich gezogen worden sei – Stalin habe sich über die Landkarte gebeugt und seinen Arm auf die Karte gelegt, um den entscheidenden Strich zu ziehen und sei ob des Ärmelknopfes ein Huckel entstanden – das stimmt alles nicht.« In Wirklichkeit sei eine hochrangig besetzte Russisch-polnische Grenzziehungskommission die künftige Trennlinie abgeschritten und habe einvernehmlich alles regeln können. Aber irgendwann sei die Kommission auf ein Gehöft gestoßen, durch das die Grenze später verlaufen würde. Was tun? »Lassen wir den Bauern entscheiden!« Sie klingeln an der Haustür. Bäuerlein kommt. »Wir von der Russisch-polnischen Grenzziehungskommission möchten Sie fragen, ob Sie für Polen oder für Russland optieren möchten?«

»Da muss ich meine Frau fragen«, erwidert der Bauer und klettert die Stiegen hinauf. Kehrt zurück und sagt: »Zu Polen.« – Kurz vor Abschluss der Arbeit besinnt sich die Kommission des interessanten Falls und kehrt noch einmal zum besagten Gehöft zurück. Klingelt. »Es bleibt, wie Sie entschieden haben«, sagt der Kommissionsvorsitzende, »nur wüssten wir noch gern den Grund.« – »Da muss ich meine Frau fragen«, sagt der Bauer und klettert die Stiegen hinauf. Kehrt zurück und berichtet: »Meine Frau fürchtet den russischen Winter.«

Manchmal, sehr gelegentlich, darf Konstantin die Honneurs entgegennehmen, die Professor Ziegler zugedacht sind. So muss der Professor an einem 8. März den versammelten Verdienten Frauen des Landes Gruß und Dank des Zentralkomitees überbringen, ehe ein festliches Tafeln beginnt. In hohem Ton spricht er vom Menschen, der Schöpfer seiner selbst sei, gibt auch ein uraltes Rätsel zu bedenken: Am Morgen läuft er auf vier Beinen, mittags auf zweien, am Abend auf dreien … Da kommen sie, die

Mugele aus der Arbeit kennen, und sagen erregt: »Heute hat dein Chef so interessant und zu Herzen gehend gesprochen …«

Mugele, für den sein Professor durchaus auch sphinxisch ist, ahnt, auf dem Zettel für das Grußwort stand womöglich ein einziges Wort. Und kaum jemand im Saal kennt es. Und die Beilage der Richtung weisenden Tageszeitung titelt jede Woche: Die Gebildete Nation.

Nach ein paar Monaten im einstigen Haus des Thälmannschen ZK wird Mugeles Arbeitsplatz in das neue Hauptgebäude am Werderschen Mark verlegt. Einst hatte dort Hjalmar Schacht residiert. Für Mugele ein riesiges Labyrinth, in dem er sich noch oft verlaufen wird. Der zweite Stock, von einem Posten besonders abgeschirmt, ist dem engeren Kreis des Politbüros nebst Mitarbeiterstab reserviert. Dort sitzen Mugeles Kollegen, erfahrene Spezialisten, die ihren Chefs die Reden ausarbeiten. Die Richtung weist Walter Ulbricht. Wenn Bernhard Ziegler zu ihm geht, führt er eine kleine Kladde mit sich, die mit WU beschriftet ist. Er sammelt: Worte des Großen WU.

Zu Mugeles Obliegenheiten gehört Routinearbeit: Termine vereinbaren, absagen, vertrösten. Das macht keinen Spaß. Aber es gibt immer neue Anfragen, Beschwerden, Eingaben zu Plagen und Vorkommnissen, die eine Kommission für Erleuchtung möglichst umgehend klären möge. Das ist spannend, wiewohl oft auch abwegig und nicht zu lösen. So verlangt das Außenministerium dringlich abzustellen, dass in Zentralafrika das Buch über Nobi verbreitet werde, das von einem Afrikaner handele, dem die Tiere des Waldes, und freilich auch die Affen, Beistand leisten. Ein Einheimischer sucht oder erfährt Hilfe von Affen – das sei ja blanker Rassismus. Empörend das Buch, es störe die Aufnahme diplomatischer Beziehungen … Armer verkannter Ludwig Renn, Spanienkämpfer, was hast du dir nur mit diesem liebenswerten Kinderbuch gedacht!

Ähnlich schlimm eine Hiobsbotschaft aus dem Norden: das schwedische Königshaus beanstande die Veröffentlichung eines Tagebuchabdrucks von F. C. Weiskopf in der Literaturzeitschrift. Er charakterisiere einen jüngst verstorbenen Prinzen als lieb, aber ein wenig dümmlich. Ja, wie soll man da dem ehrenwerten Außenministerium anderes sagen als: Es ist die Meinung des Genossen Weiskopf. Und: Er kannte ihn.

Der Erfinder einer elektronischen Orgel wünscht sich zur endgültigen Fertigung seines Meisterwerks nochmals eine Tranche Banknoten.

Ein bestallter Universitätsprofessor erbittet über die Kommission für Erleuchtung eine Entscheidung des Politbüros, das Wirrwarr bei der Transkription chinesischer Namen und Begriffe zu beenden. Gütiger Weise fügt er eine weitere, von ihm selbst erarbeitete Methode an.

Unbeschwert ist die Anfrage eines Goethe-Enthusiasten: Der große Denker habe eine wunderbare Tagesaufgabe formuliert. Er habe sich den großartigen Text notiert, aber die Quelle sei ihm just entfallen. So wende er sich vertrauensvoll an die mit Erleuchtung Befassten und bitte um eine Nachricht. Auf dem Zettelchen stand: Man sollte alle Tage wenigstens ein kleines Lied hören, ein gutes Gedicht lesen, ein treffliches Gemälde sehen und, wenn es möglich zu machen wäre, einige vernünftige Worte wechseln.

Man sollte. Man sollte. Er, Mugele, kommt zu gar nichts mehr. Ach lieber Koko, man sollte jeden Tag wenigstens einen Papagei kraulen, ihn sanft mit Wasser besprühen und, wenn es möglich zu machen wäre, mit ihm Zwiesprache halten.

Mit dem Professor raus in die Bezirke zu fahren ist ein ander Ding, vorn Fahrer und Begleiter von der Sicherheit, hilfsbereite Burschen. Der Chef hat Arbeit mit, Vorlagen, Berichte. Macht sich Notizen, streicht an, erteilt Aufträge. Mugele erstaunt das Arbeitspensum, das werden zehn und zwölf Stunden am Tag sein, wenn's mal reicht. Die Landschaft wird lieblicher, der Professor entspannt sich, fängt zu singen an, wundert sich, wundert sich nicht, wie sein junger Begleiter einstimmt, Melodie und Text weiß. Sie fahren dem Zupfgeigenhansl entgegen, Wyneken, dem Hohen Meißner mit seiner Basaltkuppe. Und ist doch nur Burg Giebichenstein in Sicht, an der Saale hellem Strande gelegen, wenn's nur so wäre. Später erreichen sie Thüringen. Ziegler singt eine melancholische Weise, die kennt Konstantin nicht.

Hier sitz ich auf Rasen
mit Veilchen bekränzt;
hier will ich auch trinken
bis lächelnd am Himmel
mir Hesperus glänzt. …

Das menschliche Leben
ist schneller dahin
als Räder am Wagen.
Wer weiß, ob ich morgen
am Leben noch bin? …

»Das Lied höre ich zum ersten Mal«, sagt Mugele. »Es klingt wehmütig, korrespondiert gar mit dem Spruch alter Genossen: Kommunisten sind Tote auf Urlaub.«

»Mag sein«, sagt der Professor, »aber es ist sehr viel älter, stammt noch aus dem 18. Jahrhundert. Mal ist es fort und vergessen, mal taucht es hervor und will gesummt und gesungen sein. Im April 1919 hatte ich nach aufregender Fahrt mit Ludwig Kroeber aus München endlich Moskau erreicht – wir wurden im Kavalerski Korpus untergebracht. Hoch auf den Zinnen des Kreml habe ich das Lied gesungen. Der Abendstern war fern und niemand störte. Wir sollten bedenken und uns daran gewöhnen, wie weit Europa reicht.«

Moskau, ja dort müsste man einmal hin und ganz in Ruhe, denkt Mugele, aber das sagt er Bernhard Ziegler nicht, der in Moskau auch bittere Stunden erlebt hat. Ob der Chef mit ihm und seiner Arbeit zufrieden ist, Konstantin weiß es nicht genau. Manchmal lacht er, manchmal stöhnt er auf. So lädt die Prinzipalin des Berliner Ensembles den Professor zu einer der sehr lustigen Flinz-Proben ein, merkt im Brief auch an, sie habe in Zürich ausführlich mit einem Agenten verhandelt – der sieht das erschrockene Gesicht des Sekretarius und lacht. So hält Mugele dem Professor für die Wahlversammlung der Schriftsteller einen Platz in der Mitte frei, der aber strebt stracks zur Wand. Die Standpauke gibt es hinterher: »Wenn du einen Saal betrittst, guck als erstes, wo die Türen sind und die Fenster. Begreif doch: Mit dem Rücken immer an die Wand!«

Das ist die Erfahrung des Illegalen, denkt Mugele, und sie leuchtet ein. Auch ein Papagei ist ungern umstellt. Er sucht einen Platz, der Schutz verspricht. Drum sind runde Käfige völlig ungeeignet.

»In Pankow kenne ich eine Wohnparteigruppe«, sagt Mugele, »in der es nicht schwer fällt, auch betagte Genossen für eine Plakataktion zu gewinnen, aber die gehen nur nachts. Und im Januar wollen sie ihre LLL-Versammlung haben. Und kriegen sie auch. Und mitten in der Gedenkrede fällt der Strom aus, aber das macht einem LLL-Redner überhaupt nichts, er fährt einfach fort und würdigt sie alle, Lenin, Liebknecht, Luxemburg.« –

»Manche Erfahrung der Illegalität«, sagt Ziegler, »ist einfach angeraten in einer Epoche der Klassenkämpfe – oder sind wir da schon raus? Wenn du zum Beispiel unterschreiben musst, sorg', dass der erste Buchstabe missdeutbar bleibt. Schon suchen sie in der falschen Spalte.« – Ach ja, die alten Haudegen, denkt Mugele. Und es ist ihnen ernst. Aber vertrauen sie uns Jungen oder tun sie es nicht? – Mugele fischt aus dem Packen der Tagespost, an den Leiter der Kommission für Erleuchtung gerichtet, eine Anfrage der Chefredaktion des *Neuen Deutschland*: Ob angesichts der aktuellen Kultursituation und der Kaderschwierigkeiten in der Redaktion die Möglichkeit bestehe, Genossen K. Mugele in absehbarer Zeit für eine feste Mitarbeit freizugeben.

O Gott, gegen dieses Angebot hat er sich schon vor sieben Jahren gewehrt. Immer mal hat er eine Rezension, eine Glosse für das Blatt geschrieben und weiß: Redakteure sind Getriebene, es peitscht sie die Zeit. Wortlos legt er das Schreiben dem Professor vor. Der überfliegt den Text, zieht die Stirn kraus und sagt: »Ja, warum eigentlich nicht? Da haben wir dann einen Mann drin.«

Augenblicke später überlegt er es sich anders. Mugele kommt ins Grübeln: einen Mann *drin haben* in jenem Zentralorgan, das dem Hohen Haus direkt untersteht … Oje, die alten Genossen, Komintern erfahren … Aber Ziegler will ihn nicht hergeben. Da spürt er Vertrauen.

Und du selber, Konstantin? Traust du den Menschen? Oder auch nur dem Papagei? Die Zahl derer, die sich deine Freunde nennen und die dich um Rat fragen, steigt bedenklich. Denk nicht schlecht, von niemandem denk schlecht. Hilf, wenn du kannst. Auf deinen Schicksalsgefährten aber darfst du bauen. Machst du aber nicht, Mugele. Du hast ein Auge drauf, dass er dir nicht fortfliegt. Er darf auf deinem Kopf landen und mit dem Schnabel den Haarschopf kämmen – Ohr und Aug darf er nicht nahekommen, bislang. Mugele, du misstraust.

Beherzt setzt Konstantin den Papagei auf die linke Schulter – weiß er, was er anrichtet? Koko spürt Wohlwollen. Mit seinem Schnabel, der ist durchblutet und warm, streichelt er das Ohrläppchen. Von nun an, links auf Mugeles Schulter sitzend, beschaut ein Papagei die Welt. Jedenfalls die häusliche. Er ist ruhender Pol auf bisher ruheloser Gestalt. Ist jener so gelaufen, der die Eule nach Athen getragen hat?

Bittsteller stellen sich ein: der Demokratische Frauenbund vom Prenzlauer Berg wünscht sich zur Jahreshauptversammlung einen Vortrag zum Thema: Familie und Papagei. Aus dem Erfahrungsschatz eines alten Züchters. – Die Arbeitsgemeinschaft Freie deutsche Reiher der Jungen Pioniere trägt ihm die Ehrenmitgliedschaft an. – In der Uni Jena liegt eine Dissertation eines vietnamesischen Aspiranten an: Das Vogelmotiv in der vietnamesischen und der germanischen Mythologie. Divergenzen und Übereinstimmungen. Wir bitten Sie um das Außengutachten möglichst bis …

Nein, Mugele lässt sich nicht hinreißen. Er hat auch Sorgen: ringsum, im Sand reichsten Revier der Republik – kein Vogelsand aufzutreiben. Die Streuung. Wie soll das weitergehen mit der häuslichen Hygiene ohne den feinen weißen Sand, mit Kalk, Sepia, Anisöl versetzt, Ingredienzien, die Mensch und Papagei gesund erhalten? Rettung erhofft Mugele von der Endmoräne, wie sie die letzte Eiszeit vor 12.000 Jahren im Brandenburgischen zurechtgerieben hat, so die Wanderdüne bei Woltersdorf. Aber ist die keimfrei? Auch überstehen Viren und Mikroben hohe Temperaturen. Er muss ein kräftiges Feuer machen, um den Sand wenigstens Bakterien frei zu kriegen. Hat am Sonntagmorgen, die Leute schlafen noch, im Hof aus alten Ziegeln einen offenen Brennofen gerichtet, setzt eine halb mit Dünensand gefüllte Eisenschüssel drüber. Das Buchenholz lodert – für Koko alles! Mutmaßt schon den Neustart für märkisches Glasbrennen – im Baruther Urstromtal sind sie seit 1716 dabei – da kippt der windige Brennofen in sich zusammen. Reflexhaft greift Mugele nach der Schüssel, schreit auf.

Zwei verbundene Hände sind am Montag nicht lange unter dem Tisch zu verbergen. Professor Ziegler schickt seinen Assistenten mit dem Dienstwagen unverzüglich in jenes Krankenhaus, in dem man auf Schritt und Tritt maladen Staatsdienern begegnet, auch kränklichen Künstlern, Schriftstellern von einiger Berühmtheit. In der Scharnhorstraße mangelt es nicht an erlesenen Ärzten und vorzüglichen Salben. Heute hilft ihm das. Er kehrt noch mal zur Kommission für Erleuchtung zurück, um sich krank zu melden.

»Was hast du Sand zu kochen?«, fragt Ziegler, und Mugele muss die Geschichte vom lebensrettenden Papagei preisgeben. Der Professor zeigt Verständnis. Auch auf diesem Gebiet hat er Kenntnisse. »Schau dir alte persische Poeme an – ohne Papagei geht es da nicht ab. – Gut, dass dich Engpässe nicht genieren. Du weißt dir zu helfen. Muss man auch. Im Kaukasus, selbst in Moskau habe ich viel improvisieren, basteln und erfinden müssen. Übrigens: das Sekretariat des Hohen Hauses hat eine Dienstreise nach Moskau beschlossen, um die Heimkehr von Kurt Sanderling perfekt zu machen. Den kennst du nicht? Du wirst ihn schätzen lernen. Sanderling ist ein großer Künstler, vormals Chefdirigent des Symphonieorchesters von Charkow, war 18 Jahre lang, bis heute, der zweite Mann am Dirigentenpult in Leningrad. Wir brauchen ihn dringend. Und du kommst mit mir. Beeil' dich mit den Brandwunden. Es geht nicht an, dass du Moskau nur aus der Perspektive deines russischen Teeschaffners kennst. Moskau – dort schlägt das Herz der Welt. So, und nun schnell nach Hause mit dir. Und gründlich ausheilen. In zehn Tagen geht's los. Inzwischen erkunde, welches Konzept die sowjetische Kulturministerin verfolgt, ackere die Rede vom Parteitag durch. Ich bin gespannt, was dir auffällt. Ist alles übersetzt. Ich schicke es dir morgen. Vor allem: Gute Besserung. Und nun greife nicht mehr. Begreife!«

Professor Ziegler und Mugele, mit Diplomatenpässen ausgestattet, betreten die Maschine der Interflug. Sie werden zum VIP-Bereich geführt. Der Begleiter nimmt draußen seinen Platz ein. Zur Begrüßung wird Sekt gereicht. Ab geht's nach Moskau-Scheremetjewo von Schönefeld her, dem von FDJ-Brigaden erbauten Rollfeld der Hauptstadt, der Dichter Karl Mickel damals dabei. Professor

Ziegler greift nach der Frankfurter Allgemeinen, streicht sich was im Leitartikel an, sagt: »Der Flüchtlingsstrom nach Marienfelde beginnt ihnen lästig zu werden, für uns aber ist er fatal. Was suchen diese Leute, und zunehmend sind es Bauern, in dem bigotten Adenauerstaat?« – Fragt, ohne eine Antwort abzuwarten: »Und wie war die Lektüre der Furzewa-Rede?« –

»Chruschtschows Kulturministerin spricht einschläfernd, Genosse Ziegler, richtig trocken. Statistik, Statistik ihr ein und alles. Widersprüche sieht sie nicht. Also Probleme – kaum erkennbar.« –

»Ich weiß. Dabei gibt es im sowjetischen Vielvölkerstaat und seinen Kulturen Probleme übergenug. Unsere Bruderpartei geht die Dinge eher pragmatisch an. Uns Deutschen, das wusste schon der alte Heine, liegt mehr das Grübeln und Philosophieren. Für morgen ist ein Besuch bei ihr im Ministerium verabredet.«

Die Stewardess füllt den Sekt nach und bietet Kaffee und ein Frühstück an.

Hoch in den Lüften ist Zeit für ein ungestörtes Gespräch. Das geht von neuen Büchern in Frankreich und Italien, bis zu Chancen der Skelettbauweise und wie man die Eintönigkeit neu erbauter Stadtviertel aufbrechen könnte. Was leistet eine gute Übersetzung und was kann sie nicht? »Schon ein einziges Wort deutsch dem ausländischen Pendant zugesellt, bietet Übereinstimmung und Nichtübereinstimmung«, sagt der Professor und legt für einen Augenblick beide Handflächen zueinander, ehe er die Daumenballen gegenläufig leicht dreht. »Chleb – Brot«, sagt er, »das scheint identisch. Ein Russe aber hört zugleich Getreide. Das bietet Raum für Missverständnisse. Es ist doch ein Unterschied, ob ich aus der Periode des Kriegskommunismus berichte, ›den Großbauern wurde das Brot weggenommen‹ oder ›die Getreidevorräte wurden beschlagnahmt‹?«

So kommen heikle Dinge zur Sprache. »Sag bitte, Genosse Bernhard, wie konnte es in unserer Bewegung zu solch verhängnisvollem Beschluss kommen wie dem Verdikt über die Sozialdemokratie als Hauptfeind?« –

»Die Untaten der Noske und Zörrgiebel sind unbestreitbar, dennoch war dieser Beschluss sektiererisch. Er traf auf eine aus Erfahrung gespeiste Grundstimmung in der Arbeiterklasse. Ich nehme ein Beispiel: Ein Fabrikarbeiter, er muss nicht Kommunist sein, wehrt sich gegen die Kürzung seines Lohns, die Betriebsleitung entlässt den Mann, der den Arbeitsfrieden gestört hat. Der Betriebsrat stimmt zu – ein Sozialdemokrat. Der Arbeitslose geht auf die Straße und empört sich, der Polizist zieht ihm den Gummiknüppel über und nimmt ihn hopp – ein Sozialdemokrat. Ein Richter verknackt ihn. Wer schließt den Gefangenen ein? – Doch der Beschluss war grundfalsch.« –

Das Flugzeug verliert an Höhe. Im Landeanflug liegt Moskau. Dort wurde der Beschluss gefasst.

Denkt Mugele an die Dienstreise im Frühsommer ’60, Reise im Schatten des Professors, sieht er draußen eine quirlige besonnte Stadt. In den Sälen geht es gedämpft zu. Professor Ziegler beabsichtigt, seinem Mitarbeiter den Stadtkern zu zeigen, wenn das offizielle Programm absolviert ist. Schwanensee im Bolschoi ist die Vorspeise. In seiner Erinnerung sieht Mugele eine energische, elegante Blondine auf Ziegler und ihn zukommen, rund fünfzig alt, Ministerin Furzewa. Eine mächtige Frau, die einzige in dem von Männern okkupierten Präsidium des ZK der KPdSU. Und Sekretär des ZK ist sie auch.

Die deutschen Gäste bittet sie an einen grün betuchten Arbeitstisch. »Jekaterina Alexejewna«, sagt Professor Ziegler, »im Namen unserer Parteiführung und der Regierung möchte ich Genossen Chruschtschow und der KPdSU nochmals für das Verständnis und alle Unterstützung danken: Kurt Sanderling kehrt nach 24-jähriger Emigration in sein Heimatland zurück und wird dort eine bedeutende Aufgabe übernehmen.«

»Das geht schon in Ordnung«, sagt die Ministerin, was Mugele noch grad versteht. Und kein Wort mehr über Kultur, was Mugele nicht versteht. Vielmehr parlieren die Zwei über platte Politik, über die ansteigende Zahl der Flüchtlinge von Ost nach West. Und Ziegler zieht die *FAZ* aus der Tasche und gestikuliert heftig mit der Zeitung in der Hand.

Die Begegnung mit Kurt Sanderling war und bleibt für Mugele der Lichtpunkt, wiewohl sie im sterilen Ambiente eines Gästehauses stattfindet. Dumpfes Licht, das ist vornehm, tröpfelt durch Vorhänge. Kurt Sanderling ist gut aufgelegt und konzentriert zugleich. Sendbote und Dirigent umarmen sich mit russischer Herzlichkeit. Sanderling steht am Wendepunkt zweier Lebensepochen, das ist aufregend. Aber der Emissär macht es ihm leicht, nennt die Freude, die seine Zusage in Berlin geweckt habe, auch bei ihm, Ziegler. Die Entscheidung, das Pult in Leningrad aufzugeben, sei weitsichtig, sagt der. Ein Deutscher, so gut er sei, werde dort nie die erste Geige spielen. Und fragt nach den Wünschen und Erwartungen des Übersiedlers für sich und die Familie … Das alte Pankow sei eine angenehme Vorstadt. Vielleicht werden wir Nachbarn? –

Es läge eine Einladung zu einem Gastdirigat beim London Philharmonic Orchestra vor, sagt Sanderling, solle er zusagen?

»Dagegen spricht nichts«, meint Ziegler, »aber antworten Sie besser nach der Übersiedlung, vom neuen Wohnsitz her.«

Mugele blickt fasziniert in das belebte Gesicht des Dirigenten. Er freut sich schon auf dessen erstes Berliner Konzert, möglicher Weise eine Schostakowitsch-Symphonie.

Zieglers Frage, ob Sanderling Wünsche gegenüber dem in Aussicht genommenen Berliner Sinfonieorchester hege, beantwortet der bescheiden: »Ich freue mich auf alle, die dort musizieren. Wir wollen von unten auf miteinander arbeiten.«

Das berührt Mugele sehr.

Der Gang durch Moskaus zentrale Straßen und Plätze an der Seite des Einheimischen ist ein Kontrastprogramm. Kreml und Roter Platz, das Denkmal für Majakowski, die alten Sperlingshügel längs über der Stadt mit der Lomonosssow-Universität – Mugele kann nicht genug davon gezeigt und erläutert bekommen. Auch dem jungen Begleiter vom Personenschutz macht der Stadtgang Spaß.

Mugele zückt seinen recht primitiven Fotoapparat und schießt Bild um Bild bis der Professor anmerkt: »Das alles ist oft und schon viel besser fotografiert worden als dir das möglich ist. Die Menschen musst du sehen – ihnen musst du ins Gesicht blicken.«

Zu Dritt gelangen sie zu einer vormalig orthodoxen Kirche, die durch Umwidmung zur Bibliographischen Abteilung der Staatsbibliothek für Auslandsliteratur dem Zerstörungswahn früher Sowjetjahre entging. Hier, im Refugium seiner einstigen Strafversetzung begrüßt Frau Margarita Rudomirowa, die Leiterin, den Professor auf das herzlichste. Ein guter Tee wird gebrüht, Erinnerungen flattern herüber und zurück. Und Mugele entgeht nicht der Stolz, mit dem die Direktorin auf den Mann blickt, der ihr 1935 heikel als Mitarbeiter zugeteilt ward.

Später verabschiedet sich Bernhard Ziegler von den zwei jungen Wegbegleitern, um seine vormalige Gattin, eine Russin, zu besuchen. Dorthin müssen Mugele und die Sicherheit nun wirklich nicht folgen.

Frau und Kinder sollen ein Mitbringsel aus Moskau erhalten. Die Zwei machen sich auf ins GUM. Und was entdeckt Konstantin? Ein wunderschöner großer Papageienkäfig, made in GDR, blitzt auf. Wie würde der Chinapapagei sich wohl fühlen, wenn er sich, nach des Tages Schabernack, darin zur

Nacht zurückziehen könnte! Und grad dieses Exportgut aus der Heimat kann er, Mitarbeiter der Kommission für Erleuchtung, dem Vaterland aller Werktätigen nicht entziehen, wiewohl er ahnt, was Diplomaten der Welt im Dienstgepäck so alles fortschleppen.

Und wie leben die Papageien in der Hauptstadt der Sowjetunion? Mugele zieht es mit Macht in den Zoologischen Garten. Er wird dort nicht glücklich, verfehlt auch die Papageien. Ein alter Zoo. Gewiss, der russische Bär, er hungert nicht, aber hier fehlt ihm Hagenbeck'sche Freiheit.

Die Familie daheim erhält einen Beutel Pralinen aus der Schokoladenfabrik Rotfront. Auch Koko freut sich über die Rückkehr Konstantins, zuspelt am Ohr, guckt als frage er: Hast du mir was mitgebracht? Das sind Augenblicke, in denen Konstantin eine strapazierte Moskauer Auskunft in Zweifel zieht – denn Papageien sind den Menschen viel näher, als diese meinen.

Solche Exkursionen gehen zu Lasten Isas. Auch Peter und der Papagei leiden. Und immer dann fallen Entscheidungen, die Isa treffen und die sie ausbaden muss. Kurz: der Möbelwagen ist schon bestellt, das fertig gebaute Genossenschaftshaus muss bezogen werden. Die beiden Kinder sind für einen Tag bei den Großeltern. Dass auch der Papagei von der Hektik des Räumens möglichst verschont bleibe, stellt Konstantin Koko mit dem Käfig auf den Kachelofen. Die Transportarbeiter klettern fluchend die hohen Stufen der engen Hinterhaustreppe empor und beruhigen sich ein wenig, als sie die Teller mit dem kräftigen Frühstück und auf dem Ofen den schönen Vogel erblicken. Fünf Mann haben plötzlich Zeit, klettern nacheinander auf einen Schemel und suchen dem klugen Tier ein paar dumme Wörter beizubringen. So kommt man ins Gespräch. Und dann flutscht es. Den Vogel aber unterschätzen alle, auch Konstantin. Als die Bude schließlich leer geräumt und gefegt, auch die peinliche Frage schroff beantwortet ist, ob Mugele »die olle dicke Bibel« noch brauche, als fast alle unter der Platane zur Abfahrt nach Wilhelmsruh versammelt sind, werden die Möbelräumer nun doch unruhig. Zeit ist Geld! – Der Papagei muss noch geholt werden. Doch den Vogel haben die ungewohnte Geschäftigkeit, danach die Leere und absolute Stille so verstört, dass er sich mit übergroßer Anstrengung durch die Käfigstäbe gezwängt hat. Nun will er sich nicht mehr einfangen lassen. Unten hupen die bibelfrommen Möbelfahrer, und man kann nicht einmal das Fenster aufreißen und hinunterschreien: »Geduld, ich werde den Bager schon kriegen.«

O Glück des Einziehens. Du hast eine neue Wohnung, hast sie mit erbaut! Wohnst im ersten Stock. Fontanestraße. Das Haus duftet nach Kalk und Ziegelstein. Trockenwohnen – lang aus der Mode. Du wohnst trocken. Anno 61, im Jahr des Eisenbüffels, freust du dich, die ersehnte Bleibe auszugestalten. Wenn das Bohren und Hämmern ein Ende findet, wird jeder seine Ruhe haben wollen. Aber der Papagei wird durch die dünnen Wände zu hören sein.

Augenblicklich ist er unerträglich, kreischt metallen auf, wenn in den Wohnungen gehämmert oder gebohrt wird. Was tun?

Renate krabbelt um die vollen Bücherkisten. Für maßgerechte Regale muss rasch ein Tischler gefunden werden. In der Nähe gibt es einen tüchtigen Altmeister, ortsbekannt ob seines Könnens und seiner Preise. Der Meister kommt, vermisst die Wände. Mitleidig betrachtet er die Tür des Kleiderschranks, die nur mit Hilfe eines eingeklemmten Stück Leders geschlossen bleibt, murmelt »russischer Verschluss«.

»Bei Gagarin im Weltraum haben sie's auch so gemacht«, höhnt Mugele, besinnt sich aber: Im Bauern-und-Handwerker-Staat sei lieb zu deinem Tischler.

Nein, Kindergeschrei wird im Haus nicht zum Problem werden. Die Einziehenden – manche haben zwei und mehr Kinder oder erwarten eins. Peter wird bald Freunde finden. Schon erkundet er das Terrain rundum und sucht nach der Schule in der Schillerstraße. Dort wird er zum Herbstbeginn die Zuckertüte überreicht bekommen. »In der Schule ganz oben nisten Adler«, berichtet er aufgeregt. So ganz stimmt das nicht. Aber brütende Falken, wie sich erweist, im Giebel einer Zehnklassigen Polytechnischen Oberschule – das ist schon was.

Die Hausversammlung im Freien verspricht Gutes, obwohl oder weil der Antrag auf Umwandlung der Wüstung hinter dem Neubau in einen Parkplatz zugunsten eines Kinderspielplatzes abgeschmettert wird. Mugele nutzt die gute Laune der

Runde und lädt die Versammelten zum Umtrunk beim chinesischen Papagei ein. Das hast du dem Ziegler abgeguckt, gesteht er sich: Den Stier bei den Hörnern packen! Erst neulich hat der, als heftig um die Nachtschicht gestritten wurde, einer Gruppe von Stahlwerkern in Hennigsdorf geraten: »Eure Frauen verstehen das nicht? Verfluchen das Werk und euch wenn ihr morgens müde heimkommt? Ladet sie doch, mit aller Vorsicht, mal ein zu einem Abstich. Was meint ihr, wie das Eindruck macht! Sie werden stolz auf euch sein, jedenfalls wird eure Frau euch besser verstehen.«

Und der Parteisekretär stimmt dem Gast aus der Lichtzentrale zu, natürlich stimmt er zu, der Betriebsleiter nickt und meint: »Wir können es mal versuchen.« –

Und die Mitbewohner in der Fontanestraße 40 greifen sich eine Stulle mit Zwiebelschmalz, langen nach einem Gläschen Nordhäuser Korn, die Frauen nach Kirschlikör. Wie von allein gruppieren sie sich um den Papagei.

»Also«, sagt Mugele, »seid willkommen beim größten Schreihals des Wohnblocks – Koko. Ich frage mich, ob ihr den grünen Chinesen aushalten werdet, den Lebensretter? (Zustimmung rundum.) Details erzähle ich ein andermal. Zum Wohl. Auf gute Nachbarschaft.«

Die Gläser klirren und es sieht so aus, als ob es wegen des Papageien niemals Ärger geben könnte. Der aber kommt schneller als gedacht.

Zwei Urlaubswochen am Ruppiner See stehen an. Die Mugeles überlegen, wem die Ehre angetragen werden kann, einen Lebensretter zu betreuen. Auf gut Glück entscheiden sie sich für das Ehepaar im Erdgeschoss, ruhige Leute mit zwei netten Mädchen, ermahnen die Familie auch, den Vogel nicht aus dem Käfig zu nehmen und frei fliegen zu lassen.

Die Atempause im Ruppiner Land tut gut. Vorsommer in Gildenhall. Es lockt der See. Klar konturiert die Liebesinsel. Daran rudert die Familie vorbei, Alt-Ruppin entgegen. Zu genau erinnert sich Konstantin der insularen Mückenschwärme vieler Kindertage. Guten Tag, lieber Rhin mit deinen verstohlenen Angelplätzen.

Viel zu rasch geht es nach Berlin zurück. Die Familie parterre links ist verstört. Koko hat Schaden angerichtet: neun Büchern hat er den Rücken heruntergerissen und mit der scharfen Schnabelspitze nicht wenige Buchseiten gelocht – in Kügelgens Lebenserinnerungen eines alten Mannes, in zwei Bänden Brehms Tierleben, im Gedichtband Terzinen des Herzens und bei fünf weiteren Kostbarkeiten.

»Regle du das, Konstantin«, sagt Isa, »es ist peinlich.«

Tatsächlich ist die Aufregung groß und legt sich erst, als die Tante von der Versicherung, sie wohnt in der Nachbarschaft, den Schaden in Augenschein nimmt. Mugele erläutert: »Hier, im Haushalt der Nachbarn, hat dieser Papagei ohne unseren Auftrag und unser Wissen Schaden angerichtet; Bücherschaden – die Zeugen sind anwesend.« Flüchtig blättert die Frau in der Kladde mit den Vorschriften und entscheidet: »Die Pflegefamilie ist durch Sie rechtzeitig gewarnt worden. Für so viel Unachtsamkeit können wir nicht aufkommen, leider.« –

Die zwei Mädchen stehen bedrippt. Mugele erbost sich: »Gute Frau, wissen Sie eigentlich, wen Sie da vor sich haben? Der Verursacher ist eindeutig Lord Derbys Edelsittich, aber Geld besitzt er nicht.«

»Das entscheiden wir ohne Ansehen der Person«, sagt die Versicherungsdame. Konstantin, die Police aus der Haftpflichtakte zottelnd, entgegnet: »Wegen dieses Papageien sind wir in ihrer Versicherung, freilich egal aus welchem Geblüt. Wir kündigen, wir kündigen sofort.«

»Nun beruhigen Sie sich doch, Herr Mugele«, begütigt die Beauftragte der Deutschen Versicherungs-Anstalt. Sie entnimmt ihrer Tasche ein Formular. »Fülln se mal erst aus«, sagt sie, »vielleicht lässt sich wat machen.«

»Vielleicht, vielleicht!« Missmutig nimmt Mugele das Blatt und beginnt auszufüllen, wobei sich seine Laune rasch bessert. Der Text ist logisch und verständlich – wann, wo, was (notfalls mit Beiblatt), Zeugen, voraussichtliche Schadenshöhe?

»Schadenshöhe weiß ich nicht«, sagt Mugele. »Die Bücher müssen zum Binder. Die Terzinen des Herzens, Sie sehn es selbst, sind so durchlöchert, da hilft nur Schmerzensgeld.«

Zuletzt ist noch eine kniffliche Frage zu beantworten: Was wurde getan, damit der Vorgang sich nicht wiederholt? Die Versicherungsvertreterin, inzwischen hat sie sich neben Mugele gesetzt, guckt gespannt. Sie hat im Rahmen zweier interner Maßgaben zu agieren: 1. Abwimmeln zugunsten des Volksvermögens, aber keine Kunden vergraulen. 2. Sind die Fragen glaubhaft beantwortet, großzügig sein bei Lappalien. –

Ja, was wurde getan, damit sich ... Mugele trägt ein: »Der Papagei wurde belehrt.« –

Die Firma ist es zufrieden und – zahlt.

Im Sozialismus ist niemand zufrieden, wenn er belehrt werden soll, und schon gar nicht, wenn sich die Königsebene betut. Auch sind grübelnde, gar philosophierende Parteiführer was Rares im Land. Da fällt Ziegler im Kreis der Pragmatiker auf. Auch in der überraschend angesetzten Diskussionsrunde ohne Thema – diesmal in erweitertem Kreis, die notorischen Raucher seitlich unter einer absaugenden Deckung versammelt – stört er mit seinen stolpernd vorgetragenen Thesen zu den Intentionen des jungen Marx. Es gibt Geraune, so dass der Vorsitzende Ulbricht mit einem Stift auf die Tischplatte klopft und Aufmerksamkeit verlangt.

»Jeder Genosse hat das Recht seine Überlegungen vorzutragen.«

Gemeint sind die Könige im Hohen Haus, es sind ja die Unterkönige. Sie kommen aus Bereichen wie Ökonomie, Landwirtschaft, Außenpolitik, mächtige Herrscher mit Hinterland. Die Künste haben, in den Augen der Unterkönige, ein schier ewiges Schicksal: sie bleiben zurück. Und die Zeitungen schreiben es so. Dabei hätten doch gerade die Künste voran zu preschen und Anstöße zu geben. Nein, sie stören nur und sind anstößig. Daran haben Dispute und Konferenzen, zumal die in den Chemieschwaden von Bitterfeld erfolgten, auch die Disziplinierungsversuche danach, nichts ändern können. Die Irrungen, die Missverständnisse wachsen.

Mugele geniert sich für das offen bekundete Desinteresse, das schon beleidigend ist. Nach dem so ergebnislos verlaufenen Disput sagt Professor Ziegler. »Konstantin, es ist nicht so wie es ist.« –

Merkwürdiges Trostwort.

Noch zu Haus geht es Mugele durch den Kopf. Wie sollte es anders sein als es ist?

Koko ist ihm zur Begrüßung auf die Schulter geflogen und will gekrault sein, heute ein wenig nur. Schon hört er auf, zärtlich zu sein. Mugele verweist ihn auf seine Schaukel. In Wirtschaft und im Militärwesen, überlegt Mugele, bei Staat und Recht, bei der Industrie, selbst im Sport, überall sind Fachleute gefordert – bei Künsten und Kulturpolitik? Jeder der Mächtigen redet mit, das ist schon in Ordnung, aber jeder entscheidet auch, freilich nach persönlichem Geschmack, ob ein pikanter sowjetischer Spielfilm, der im ganzen Land läuft, auch in Leipzig gezeigt wird, oder was sich zu Bernau ein Leierkastenmann herausnimmt, auf seiner Drehorgel abzunudeln.

Nun Kommission, erleuchte mal. Dabei kann sich der verehrte Kommissionsleiter selber nicht von den eigenen Prägungen frei machen.

Die Theoretiker in der Hauptstadt empfehlen den Autoren plötzlich, sich die Sicht der Königsebene zu erarbeiten. War bislang der Blick von unten gefragt, ja gefordert, zu gestalten, was die Künstler an der Basis, in Betrieben und Landwirtschaftlichen Produktionsgenossenschaften gesehen und erlebt hatten, war nun mit den neuen Werken, die zu Tage traten, ob der Genauigkeit der Spiegelung der Schrecken groß. Selbst der Dichter KuBa wird wegen seines Theaterstücks Bauernkantate angezählt: er liebe die Bauern nicht.

Das behauptet Genosse Ernst Wulf, Vorsitzender einer mecklenburgischen Muster-LPG. Er sagt es auf dem ZK-Plenum, das den Bauernkongress bewertet.

Das lässt der dickköpfige Dichter nicht auf sich sitzen, und reicht dem Muster-LPG-Vositzenden sein Skript: »Da, lies erst mal und streich' an, womit du deine Behauptung begründen könntest.«

Und vor dem Gremium verlangt er eine Analyse des Stücks, und die wird ihm zugesagt. Aber die versammelten Funktionäre, obwohl manche von ihnen die Bauernkantate in Rostock-Marienehe gesehen hatten, können sie ihm nicht bieten.

Der inkommodierte Schriftstellerverband vermag es auch nicht, selbst die unglücklich bemühte Akademie der Künste kommt mit dem Stück nicht zurande, findet zu keiner Verurteilung, und eine Analyse hat sie auch nicht. Und ging es überhaupt um Liebe? – Ein Dichter hat seinen Zeitgenossen den Spiegel vors Gesicht gehalten! Nun soll die Kommission für Erleuchtung den Fall abschließen.

Der Vorsitzende lädt die berufenen Kommissionsmitglieder erst gar nicht ein, sondern nimmt die Angelegenheit selbst in die Hand, stößt aber auf beharrlichen Widerspruch des Dramatikers. Besessen wie Shylock sein Pfund Fleisch verlangt, fordert der: »Versprochen ist eine Analyse des Stücks. Ich will die Analyse haben.« Lautstark. Bis der Professor entnervt resümiert: »Jedes Ding muss doch ein Ende finden, Genosse KuBa. Man muss auch mal eine Kröte runterschlucken.«

»Wenn du das kannst, Kröten schlucken«, sagt der, »dann schluck. Ich kann es nicht.«

Männerstolz vor Königsthronen? Konstantin ist es von KuBa gewohnt. Und er bewundert ihn. Er selber – ein Lernender. Aufmerksam genug? Gut zwei Jahre ist er jetzt beim Ziegler. Den Professor sieht er kritischer als zuvor.

Der Alte macht aber auch Fehler. Statt angesichts der notorisch geist- und literaturfeindlichen Attacken der Adenauer, von Brentano und Erhard gegen die Schriftsteller, eine Bresche für mehr Libertät, mehr Experimentierfreude einzufordern, kommt er dem versammelten Politbüro mit Marxens Philosophisch-Ökonomischen Manuskripten. Die hat der geschrieben, so was weiß man doch, da war Marx noch gar nicht Marxist.

Der Alte gilt als einfühlsam, wenn er mit jungen Schriftstellern über deren Manuskript disputiert, denkt Mugele, aber wenn er dabei auf eine Textstelle trifft, die er als feindlich empfindet, wird er urplötzlich kiebig. »Du bist verantwortlich für das, was aus dir herausquillt.« Er beginnt also, wie es Fritzing Reuter gesagt hätte, herut zu untersäuken. »Wie kommt so was in deine Feder? In dir muss es doch stecken, wie käme es sonst heraus?« Und das sagt einer, der frei spricht, anregende Gedanken von sich gibt und manchmal Hanebüchenes.

Statt mit dem Werk des viel zu früh verstorbenen Genies Brecht zu wuchern, der sich als kommunistischer Künstler die DDR erwählt hatte, um gegen die Alte Welt anzutreten, und nicht eben ein bürgerlich-antifaschistischer Mitstreiter war, verhält sich Ziegler wie alle Moskowiter in der Parteiführung, zaudernd. Aber wie Brecht ist Ziegler der Meinung, dass die Bibel in den Schulstoff gehört. Und ganz praktisch: Die Gemäldegalerie Alte Meister in Dresden – spar sie dir, wenn du keine Ahnung vom Alten Testament hast. Mugele hat Ahnung. Das mit der Bibel plaudert Konstantin, da ist er gern Papagei, bei den jungen Dichtern aus.

Was zwischen den Kontrahenten an Ressentiments lief – da bist du zu jung zu, Mugele, das kriegst du nicht raus. Und überhaupt ist es ein Jahr, da weiß niemand so recht, was die Weltgeschichte bereithält. In einer Kapsel umkreist der erste Mensch den Erdball, die Vereinigten Staaten zeigen sich tief getroffen. Im Fernsehen: Eichmann im Glaskasten. Hat immer nur seine Pflicht getan. Die Chruschtschow-Note zur Entmilitarisierung Westberlins mahnt an, bis Weihnachten solle der Hort der Freiheit Freie Stadt werden, ohne Geheimdienste, ohne Besatzer. Da plötzlich schreckt die Welt auf. Es kommt keine Ruhe in den Sommer, wiewohl alles läuft wie es läuft.

Am Müggelsee gibt es ein kleines Sommerfest. Professor Ziegler ist entspannt und fröhlich. Die Urlaubsreise in den Kaukasus ist unter Dach und Fach, beschlossen also. Arme Personenschützer, an den Bergen wird euch der Alte davon klettern. In heiterer Laune auch Otto Gotsche, Sekretär Walter Ulbrichts, schlendert am Tisch Zieglers entlang und sagt: »Bernhard, ich glaube, dass du zeitlebens ein Wandervogel geblieben bist.«

Wieder ein Sonnabendnachmittag. Von der Lichtzentrale fährt ein Bus mit den Abteilungsleitern in den Niederbarnim. Es wird kein Ausflug in die Sommerfrische. Am südlichen Eingang der Gemeinde Basdorf biegt der Bus in das Objekt der Kasernierten Volkspolizei ein. Der Kommandeur wartet schon am Eingang. Er führt die Gäste in die Problematik ein: Schnell mit voller Kampfstärke das Objekt verlassen und Kampfpositionen einnehmen. Er zieht die Stoppuhr, löst Alarm aus. Ein gemächlicher Tag bricht weg, wird Geschrei, Geknatter und Rauch. Mögen einstmals Ritter, Knappen und Knechte bei Gefahr zur Burg gestürzt sein – hier eilen bewaffnete Männer, sich hastig den Rock knöpfend, zu Schützenpanzern und Mannschaftswagen, um aufs Rascheste die Burg zu verlassen. Motoren heulen auf. In einer Staubwolke verschwindet ein Bataillon. Der Kommandeur blickt auf die Stoppuhr: »Sechs Minuten. Das geht«, verkündet er stolz. Es gibt nachdenkliche Gesichter. Mugele denkt sich nichts Böses, hat sich den versauten Nachmittag auch nicht gewünscht, fragt also: »Genosse Kommandeur, was kostet der Probealarm?«

Der Offizier, den Unwillen Einiger nicht beachtend, antwortet er doch dem Hohen Hause, rechnet, überschlägt die Einzelposten, sagt: »Die heutige Übung kostet etwa 26.000 D-Mark.«

Nun sind es alle zufrieden. Mugele versteht nicht.

Auch Irene, eine Freundin, ist verwundert. Sie ist Slawistikstudentin an der Humboldt-Universität. Hat ein Praktikum am Frauensee in der Dubrow, 30 Kilometer südlich von Berlin. Ein Ferienlager ist zu betreuen mit deutschen Kindern, mit russischen Kindern aus den Waldsiedlungen in der Sperrzone. Deutsche und russische Kinder kommen bald gut mit einander aus, spielen, singen, tanzen. Die schön gebundenen Haarschleifen der russischen Mädchen werden bewundert und stören nicht, nur beim Baden.

Alle tummeln sich, an vierzehn Tage ist gedacht, am schönen Strand des Frauensees. Wo es Verständigungsschwierigkeit gibt – Irene behebt sie. Zum Mittagessen verlangen die russischen Jungpioniere Chleb – und die Küchenfrauen, den Brauch nicht gewohnt, schaffen Brot herbei und schneiden es zurecht. Soll ein wunderschöner Kindersommer werden. Bis eine russische Offiziersfrau im Wolga vorgefahren kommt, um ihren Pjotr in einer Familienangelegenheit aus dem Lager zu holen. Da hilft kein Gezeter des Jungen. Eine andere Offiziersfrau eilt auf dem Fahrrad herbei, Jewgenia müsse ihr nun doch im Garten helfen. Hilft keine Träne. Eine dritte, vierte russische Mutter, mal ein Vater in Hauptmannsuniform, verlangen ihr Kind zurück, bedanken sich artig und murmeln irgendwas. Binnen zweier Tage leert sich der russische Part des deutsch-sowjetischen Ferienlagers. Irene versteht nicht.

Professor Ziegler verabschiedet sich in den Kaukasus. Er beauftragt Mugele noch, die DDR-Anden-Feuerland-Expedition, wenn erforderlich, zu unterstützen, eine Bergsteigergruppe, demnächst mit einem nagelneuen S 4000 und anderem Testgerät unterwegs. Für Brockhaus soll ein Chileporträt entstehen – das macht der Schriftsteller Fritz Rudolph – der Laster und die übrigen DDR-Geräte sollen sich im tropischen und im Hochgebirgsklima der Anden bewähren und man wird in Südamerika, Ziegler schmunzelt, auch etwas über unser Land erfahren. Die Schiffsreise beginne vom Hafen Gdynia. Leiter der Seilschaft ist Percy Stulz, Historiker, nebenbei, der Schwiegersohn des Außenministers. Das Patronat hat der Kulturbund. »Aber man weiß ja nicht, wie es kommt …«, sagt Ziegler.

Ach, der Percy, ein großer, blonder, hochbegabter Bursche. Dem ist Mugele im September 48 vor einer riesigen Tafel in der Alma mater erstmals begegnet: Die Professoren der wieder eröffneten Berliner Universität und ihre Vorlesungen, nach Fakultäten geordnet. Und was machen die zwei Neulinge? Sie stehen und rätseln und suchen aus dem riesigen Angebot traditionell-bürgerlicher Gelehrsamkeit die zwei Hand voll marxistischer Lehrer herauszufischen, die sich an Marxens alter Uni in den Geisteswissenschaften mit der neuen Denkmethode auskennen. Die wollen sie von den alten Hasen abkupfern und dann dreist auf die Wissenschaften losgehen. Ja, unter Hunderten braver Leute lass es ein Dutzend marxistischer Gelehrter sein – das war damals die kommunistische Humboldt-Universität in Ostberlin.

Nun aber, seit den frühen Morgenstunden, läuft ein kommunistisches Bubenstück. Und keiner hat's gewusst. Aber das stimmt ja nicht. Kennedy und seine Administration kalkulieren kühl: Better a wall than a war. Schicken in Jeeps ihre Späher an die Grenze der Westsektoren. US-Soldaten fotografieren, wie bewaffnete Arbeiter, Kampfgruppen genannt, presumebly Germans, Drahtbündel ausrollen und, von Soldaten unterstützt, ihre Grenze befestigen. Die Jeeps fahren unkontrolliert durch die ihnen zugewiesenen Übergänge in den Soviet sector und knipsen Gleiches von der anderen Seite. Sie finden keinen Gesprächspartner. Sowjetische Truppen – nicht zu erblicken. Das macht die Niederlage noch bitterer. Die Vereinigten Staaten schicken eine Protestnote an N. S. Chruschtschow, aber die Aufhebung der getroffenen Entscheidung des Warschauer Pakts wird gar nicht erst gefordert. Maurer, auch Soldaten mit Ziegeln und Mörteleimern, errichten eine Mauer.

Von der Schließung der Grenze erfährt Mugele am Sonntagmorgen aus dem Radio. Es wird ein warmer, sonniger Tag werden. »Mit dir, mein grüner Papagei, hat das alles nichts zu tun. Es ist auch eine Niederlage für uns. Da müssen wir durch. Hier, nimm Nüsse und Kerne, so lange wir sie haben.« Mugele macht eine Katzenwäsche, greift sich eine Schrippe und fährt zur Lichtzentrale. Unterwegs: nachdenkliche Leute, Menschen, die ein »Na endlich!« bekunden, andere wütend und gereizt. Lebenspläne zerstieben.

Ein Sonntag im Hohen Haus, und alle sind da. Ein paar Angler fehlen. Eine kurze Absprache. Planungsstäbe entstehen, Verantwortliche der Ministerien treffen ein. Was wird heute gebraucht, was morgen und danach? – Viel und von allem! Mehl und Brot, Fleisch, auch Zucker. (Die Bruderländer springen ein.) Und Opernsänger. (Der Minister für Kultur schlägt vor, das vorzüglich ausgebildete Nationale Dorfensemble zweckgebunden aufzulösen.) Überhaupt, über Nacht wird alles verlangt sein, auch Arbeitsplätze für Hunderttausende Grenzgänger. (Was macht man mit Kommerzialräten?) Konstantin fällt der Papagei ein, wiewohl man sich in seinem Fall durchaus ein paar Wochen behelfen kann, Mugele hat es erprobt. Aber wie steht es um Wellensittich und Kanarienvogel? Berliner sind ein Tier liebendes Volk. Was knapp war oder fehlte, holte der gemeine Mann, wir hatten's vergessen oder übersehen, aus Quelle West. Konstantin eilt zu den Wirtschaftsleuten, spricht von den Wellensittichen.

»Bist du wahnwitzig, Genosse Mugele, siehst du nicht, was hier los ist?«

»Ich sehe es genau«, sagt der, »ihr wollt uns vierhunderttausend Berliner zum Feind machen …« (Der Kaufauftrag nach Syrien, Hirse, wird aufgestockt und vorverlegt.) Mit dem Wellensittich, Konstantin, da hast du deine Königsebene.

Mugele jubelt nicht, Mugele trauert nicht. Er liest die eingehenden Nachrichten: schroff ablehnende, wägende, skurrile. Er wird sie alle vergessen, vielleicht die eine nicht, weil sie so fern aller Wirklichkeit erscheint:

Der Chef einer Kleiderfabrik in Westberlin wandte sich an die eine, ihm bekannte kommunistische Arbeiterin im Werk: Was machen wir, wenn die Russen kommen? – Sie dachte einen Moment nach und schlug vor: Dann nennen wir uns VEB Rote Nadel.

Dem Auftrag folgend steht Mugele am Montagmorgen Schlag 8 Uhr im VEB Ingenieur-Hochbau am Alexanderplatz auf der Matte. Kurzversammlung zum Beschluss der Staaten des Warschauer Vertrages. In hundert Betrieben Kurzversammlung. Knisternde Spannung im Saal. Ohne Skript tritt Mugele ans Pult und erinnert an das, was jeder im Saal erlebt hat. Sie haben die Steine geworfen bis die Mauer stand. Ja, es ist eine befestigte Grenze, aber doch nur Provisorium. Sie kann fortfallen, wenn Westberlin entmilitarisierte Freie Stadt geworden ist.

Ein Ingenieur meldet sich: Er komme eben vom S-Bahnhof Schönhauser Allee. Dort reiße man gerade die nach Westen führenden Schienen aus dem Gleisbett. »Das sieht nicht nach Provisorium aus.«

»Was man rasch abreißen und beiseite legen kann, geht ziemlich rasch auch wieder hin zu stellen. Als Ingenieur wissen Sie das«, sagt Mugele. »Aber wann genau das sein wird – ich wüsste es auch gern. Vielleicht im Dezember.«

Das klang nicht sehr befriedigend. –

Am Abend danach im Wohnbezirk sitzen Veranstalter und Volk in einer Runde. So viele Besucher hatte der Treffpunkt der Nationalen Front nie. Es gibt einen heftigen Disput über die Einheit und das Reisen. Zwischen Familien, wird gesagt, gäbe es tragische Momente. Tragödien bahnen sich an. Ein älterer Mann klagt, er habe als Schlosser mal eben in Friedenau ausgeholfen. Nun liege sein ganzes Handwerkszeug dort drüben. Er wolle es nur abholen, aber wie?

Auch für ihn weiß Mugele keinen Rat außer dem nicht zu erwartenden Wunder.

Das Volk traut dem Frieden nicht. Es kauft die Läden leer. Was in den Speichern hinget und hanget wird ausgeliefert, um keine Panik entstehen zu lassen. Das geht über Tage und Wochen so. Normalität kommt langsam. Oder sie kommt nicht mehr.

Percy Stulz besucht die Kommission für Erleuchtung: »Nun haben wir Wochenende um Wochenende in der Sächsischen Schweiz das Klettern trainiert um für die Anden fit zu sein, ein Hochgebirge hat die DDR nun mal nicht. Wir sind ein eingespieltes Kollektiv, die Ausrüstung, nagelneue DDR-Produkte, haben wir in hundert Betrieben erbettelt oder geborgt, auch den geländegängigen Laster, wir werden von den Partnern in Chile erwartet – und nun soll alles für die Katz sein?«

»Was du da sagst, Percy, das weiß ich schon. So spielt Weltgeschichte. Und du weißt, die Auslandsreisen West sind storniert, alle. Und dann habt ihr auch noch einen Kraftfahrer angeheuert, der ziemlich unpolitisch zu sein scheint. Wieso denn das?« – »Klaus gehört fest zu uns, unser Benjamin, 25 Jahre alt. Er ist Kfz-Meister, ein guter Mann im Kollektiv, zudem ein vorzüglicher Kletterer. Ich sag euch: ohne unsern Fahrer hat alles keinen Sinn. Aber das ist ja nun egal. Unser Frachtschiff sollte die Hugo Kollataj sein. Übrigens ist das Transportgut schon unterwegs nach Polen.«

»Das hilft uns nicht. Wenn es nach mir ginge: Die DDR-Chile-Expedition gehört gerade jetzt in die Anden. Schade, mein Chef ist just in einem anderen Gebirge. Aber den Parteisekretär aus dem Betrieb von Klaus N. möcht ich hören. Ob er kommen kann?«

Binnen zweier Stunden erscheint ein Gewerkschaftsvorsitzender mit Aktentasche unterm Arm, er kenne den Klaus N. am besten. Mugele holt ihn von der Anmeldung ab. Im Zimmer oben liest er ihm aus der eigenen Beurteilung vor: »Kollege N. ist ein tüchtiger Meister, politisch ein Eigenbrötler. An Diskussionen beteiligt er sich kaum.«

Mugele fragt: »Hat er euer Vertrauen?«

»Na selbstverständlich«, sagt der Mann.

»Kommt er mit den anderen zurück?«

»In niemandem stecken wir drin. Aber davon bin ich überzeugt«, sagt der BGLler.

»Und warum schreibt ihr das nicht auf?«

Mit der Akte DDR-Chile-Expedition plus erneuerter Kadereinschätzung begibt sich Mugele einen Stock abwärts in besagte Zweite Etage, die Königsebene. Zu dieser Stunde tagt kein Politbüro, kein Sekretariat. Mugele passt einen günstigen Moment ab. Und bekommt Signum und Auftrag: Das Schiff in Gdynia soll die Berliner Bergsteiger mitnehmen. Chile soll von uns hören.

Frieden ist wichtig. Die Welt will ihn haben. Daran ändern auch Westberliner Lokalpolitiker mit ruhmvoller Vergangenheit nichts. Sie brauchen ein bisschen Zeit, höflich zu werden, uns auch beim Namen zu nennen. Noch ist an der Grenze zu Westberlin das tägliche Geschrei über Lautsprecher sehr lästig. Konstantin holt Koko aus dem Nordzimmer (da denkt er wie ein Chinese), der Lebensretter soll nicht krank werden. Und soll sich auch nicht Wörter wie Zuchthaus, Sowjetzone, und zum Ausgleich Brüder und Schwestern einprägen. Dabei will der Vogel gar nicht sprechen, der chinesische Papagei wird nix sagen.

Professor Ziegler kommt aus dem Kaukasus zurück, gelangt in eine veränderte Welt. »Wir haben eine neue Chance«, sagt er. »Wir müssen was draus machen.«

Und erzählt dann, einfach so, von einem abgelegenen Gehöft im Kaukasus, das eine Räuberbande ausbaldowert hat: Die Herrschaft ist mit ihren Gästen ausgeritten, leer das Haus. Wie die Räuber es sich gerade gemütlich machen, bemerken sie die

Rückkehr der Kavalkade und verstecken sich im Keller. Nach einiger Zeit hören sie Stimmen. »Die da oben singen«, sagt einer der Räuber. »Singen wir doch auch.«

»Aber leise«, sagt der Räuberhauptmann.

Als man es stampfen hört, meldet ein zweiter: »Jetzt tanzen sie.«

»Gut, tanzen wir auch.«

»Aber leise«, sagt der Räuberhauptmann.

Als knallende Geräusche krachen, freut sich ein Dritter: »Jetzt schießen sie. Schießen wir doch auch.«

»Aber leise«, befiehlt der Hauptmann.

Und dann erzählt Ziegler doch noch ein Erlebnis: »Hoch in den Bergen treffe ich auf einen Mann, dem ich schon einmal begegnet war. »Bist du nicht der alte Wadim?«, frag ich. »Wie geht es dir?« Der reckt sich und antwortet: »Jetzt bin ich eine Institution.«

O Gott, was war passiert? Man hatte ihm aufgetragen, die alte Wetterstation zu warten. Nun hatte er ein Amt.«

Aus dem Hexensabbat in die Atempause. Das einfache Leben will sich einstellen ringsum. »Jetzt kommt Peter Mugele seine Mama«, schreit im Kindergarten der selbst ernannte Ausrufer, der hinter einem Busch auf die abholenden Eltern lauert. Isa öffnet das Gartentor. Der Junge aber hat sich versteckt.

Die kleine Renate, heute bringt sie Konstantin aus der Krippe mit nach Haus. Jeder ist fröhlich und auf eigene Weise müde. Isa bestreicht ein paar Schrippenhälften mit Butter und Leberwurst. Alle freuen sich beisammen zu sein. Mugele verspürt, und sehr überraschend, da fehlt wer. Nein, nicht Koko, ein Menschlein fehlt. Die komplette Familie, das ist einfach seine Erfahrung, da braucht es dreier Kinder rund um den Tisch. Aber er sagt es nicht. Das ist uns nicht möglich, macht sich eine Stimme bemerkbar – braucht es aber, sagt die andere. Alle Mugeles sitzen beieinander, es ist ein stiller Nachmittag, ein geheimnisvoller Augenblick im Herbst.

Koko klopft von nebenan. »Ich komm ja schon«, murmelt Konstantin und erhebt sich. Der Papagei will gekrault sein. Konstantin krault den Vogel. »Bin ich eine Institution, Koko?«

Der plustert das Gefieder.

Ja doch, ich bin ein Leiter – und leite nichts. Bin Funktionär – und funktioniere. – Manchmal. – Untertreibe nicht, Mugele.

Der Papagei auf dem Finger, das ist Poesie pur. Träume nicht. Es wandert ein Schemen vor den Augen, sehr vage und fern. Karin vom Weltstudentenbund, Studentin der Medizin? Wach auf, Mugele. Mach endlich das, was du kannst. Wie lange schon hast du kein Gedicht geschrieben. Nur ein sentimentales Lied.

Tritt nur herein, die Türe steht weit offen.
Geh oder bleib, du fremdes freundliches Kind.
Ich suche nichts als im Wind eine Feder.
Ich geb dir nichts als eine Feder im Wind.

Wenn du mich findest, wirst du mich verlieren.
Verlier mich nicht, du nahes freundliches Kind.
Ich suchte nicht's als im Wind eine Feder.
Ich gab dir nichts als eine Feder im Wind.

Übrigens hast du viele Freunde. Sie werden dir davonlaufen. Du erlebst Untertanengeist und Bosheit: »Unter dir bin ich groß geworden«, heißt ein serviler Spruch, er hört ihn nach einem Promotionsverfahren.

»Da lassen wir mal das Frauenkomitee antanzen«, meint eine Parteileitung. –

»Das ist auch für wichtige Genossen nicht möglich«, eine andere.

Wir haben uns hinter eine Mauer gerettet. Koko, mein Guter, sind wir noch zu retten?

In der Routine der Tage gibt es Abwechslung. Zur telefonisch vereinbarten Minute wird in einem Kellergang des Hohen Hauses von innen eine schwere Eisentür geöffnet: Mugele betritt das Reich der deutschen Kommunisten, jedenfalls ein Stück davon. Ein älterer Mann, er stellt sich mit »Peter« vor, öffnet.

Mugele sagt: »Konstantin«.

Peter führt seinen Gast in einen kleinen Konferenzraum mit hellem Neonlicht. »Wir bitten dich, in unserer Parteischule einen kleinen Vortrag über eure Kulturpolitik zu halten, plus Diskussion.«

»Wann? In welcher Stadt?«

»Nicht weit. Nur ein wenig außerhalb. Du wirst morgen punkt 9 Uhr abgeholt. Die Teilnehmenden sind Schriftsteller, ein Dramatiker ist auch dabei sowie zwei Protestsänger, die sich nicht grün sind – du hast womöglich von dem einen oder anderen schon gehört. Heuer hatten sie es schwer, unbehelligt anzureisen. Der Antifaschistische Schutzwall hat auch Schattenseiten. Die Gruppe ist recht zerstritten, du wirst es schnell merken. Sie diskutieren gern und heftig. Immer ganz, ganz prinzipiell. Die Philosophiedozentin, die den Disput moderieren soll, heißt Eva. Sie ist von euch. Einverstanden?«

Was bleibt Mugele übrig. »Sind die Kursusteilnehmer gern in der DDR?«, fragt er noch.

»Ja, doch«, sagt Peter. »Sie kommen mal raus aus ihrer Einsamkeit, aber hier bleiben, das würde wohl keiner. Ich als Rheinländer auch nicht. In der Hitlerzeit habe ich im Zuchthaus Siegburg eingesessen. Dann endlich in mein Köln zurück. Dass ich hier bin, war nicht meine Absicht. Das war ein Parteibeschluss.«

Und schon wird die Panzertür für Konstantin wieder aufgemacht.

Als andern Tags das Auto nach Biesdorf einbiegt, sagt Mugele: »Und ich dachte, ihr haust in den Wäldern.«

»Bringt doch nichts«, sagt der Fahrer, »die Amerikaner spitzeln überall. Manchmal lauern sie mit ihrem elektronisch hochgerüsteten Militärfahrzeug über Stunden hier vor der Haustür. Wir sind's gewohnt.«

Sie halten vor einem Haus mit rotem Klinker.

Das Objekt gehört zum Franz-Mehring-Institut der Leipziger Karl-Marx-Universität, entnimmt Mugele der Tafel am Haus, hat aber einen eigenen Zugang mit Einlasskontrolle.

»Guten Morgen, Genosse Konstantin« begrüßt ihn die Philosophiedozentin Eva, »nun frühstücke erst mal in Ruhe, die Kursusteilnehmer stecken noch in einer frisch angesetzten Parteiversammlung.«

Mit dieser jungen intelligenten Frau am Tisch lässt es sich gut ein zweites Frühstück versuchen oder wenigstens was vom Obstteller nehmen. »Es gibt Ärger, und ziemlich heftigen, wegen eines Gedichts«, sagt sie. »Gestern in der Abendrunde am Kamin hat es unser Lyriker vorgetragen. Nun streiten sie. Das kann sich hinziehen.«

Erregte Stimmen sind durch die Trennwand vernehmbar. Mugele sieht seine Notizen noch mal durch – er wird sie heute nicht brauchen. »Nein, wir kommen nicht zurande«, sagt zu ihnen tretend der Sprecher der Gruppe von nebenan, »wir brechen einfach ab. Aber vielleicht kann uns der Gastdozent auf die Sprünge helfen. Es ist ein DDR-Thema.«

Konstantin wird von Eva als Kulturpolitiker aus dem Büro Ziegler vorgestellt. Es ist nichts zu moderieren. An Tischen im Halbkreis sitzen verwegene Gestalten. Die wissen sich zu helfen, wenn sie ein Gedicht zerpflücken. »Ein ziemlich feindliches«, ruft jemand aus der Runde.

Der Angezählte muss es noch einmal vorlesen, er liest mit zager Stimme.

Die Ratte

Schwarzer Tag.
Das Hohe Haus
im fahlen Licht.
Hier
atme ich frei.

Vom Spreearm her
plötzlich
die Ratte.
Hält inne. Äugt.
Huscht
stracks
in das Haus.

»Bei allen Vorbehalten, es ist unsere Bruderpartei, die im Osten den Sozialismus errichtet. Das ignoriert und unterminiert der Genosse«, meint einer aus der Runde.

Wieder sind sie mitten im Disput.

»Was ist das für eine fahle feindliche Welt, die du uns hier vorführst?«, fragt ein zweiter.

»Das stimmt nicht«, wendet ein anderer ein, »Hier bin ich frei – das hat er recht deutlich gesagt.«

»Das ist Mache.«

»Pure Absicherung«.

»Unglaubhaft«, tönt es von verschiedenen Tischen. Und: »Der Bursche gehört ausgeschlossen.«

Nun blicken sie zu Konstantin, der bisher geschwiegen hat. Jetzt muss er Zieglers Prämissen widersprechen, ist er sich sicher, aber im Moment weiß er nicht wie. Und ob man ihn auch verstehen werde. Er erbittet das Blatt, um den eigenen Zugang zum Text zu finden und zu dieser Runde. Er liest die Strophen noch mal. Und so ruhig Mugele zu sitzen scheint, ist er doch von einem Gedanken gepeitscht: Hier steht einer angezählt und fast allein. Wir Linken sind dazu da, dem Schwachen beizuspringen. Das ist unsere Tradition. Unsere Stärke auch. Aber das sagt er nicht.

»Du beginnst deinen Text stimmungsvoll. Fahle, trübe Tage erleben wir alle einmal, auch dort, wo wir uns wohl fühlen und frei. Aber wie kommst du auf das Bild von der Ratte?«, fragt Konstantin den Kritisierten.

»Ich habe sie beim Werderschen Markt gesehen«, sagt der, »wie sie einen Moment zögerte und dann ins Haus huschte. Und hab's in einem Zug notiert.«

»Ich dachte es mir. Und bezweifle es nicht. Ratten haben wir dort am Wasser, ich kenne auch das Seitentor, worein sie geflüchtet ist, als du entlang kamst. Was sollte sie sonst tun?

Aber bietet jeder Vorfall, so kurios er sein mag, gleich ein Gedicht? Goethe, auf den ich mich hier berufe, stimmt erst einmal zu. Jeder Gegenstand könne poetisch sein, wenn ihn der Dichter ergreift. Ich weiß nicht, womöglich stehst du am Anfang? – Goethe meint: Nach der feurigen Phase des Niederschreibens beginnt erst die Arbeit. Da wird geprüft und abgewogen. Vor allem: ist es ein würdiger Gegenstand, der auch trägt? Da steht noch was aus.

Ich glaube, bisher hast du, Tagebuch artig, nur Rohstoff fixiert. Das steht jedermann zu.«

Es gibt Stunden, seltene, nach denen ist Mugele glücklich und erschöpft. Es gibt Anstrengungen, die sind gut geplant und gut gemeint und gehen gänzlich fehl. Was er noch nicht weiß und nicht wissen kann: 34 Jahre lang wird der grüne Papagei mit Mugele leben, er wird auch seinetwegen umziehen in eine Wohnung mit Garten, wo der Vogel eine Voliere gebaut bekommt. Die heranwachsenden Kinder, noch immer sind es sind ihrer zwei, sollen zwischen Blumen und Stachelbeerstrauch aufwachsen, sollen Eichhorn und Kernbeißer kennen, vielleicht lieben lernen. Im Winter wird er dem Vogel eine Wärmelampe ins Gehäuse stellen, mit elektrischer Leitung vom Haus her. Dann wird ihm immer noch was fehlen.

Wenn Konstantin glücklich ist, wird er zum Papagei gehen, wenn Konstantin trauert, wird er bei ihm sein. In Freud und Leid also.

Mugele weiß, was seinem Sittich fehlt, oder glaubt es zu wissen. Die Freiheit eher nicht – im roten Preußen mit seinen dürren Kiefernwäldern und dem Niedrigbergland Fläming. Seinem Freund und Gefährten fehlt ein graugrünes schwarzschnäbliges Weib, denkt Mugele. Woher nehmen? Jeden Herbst besucht er die Jahresausstellungen der Züchter, lässt die berühmten Rotbaucharas links, die grünen Soldatenaras rechts liegen und strebt hoffnungsvoll zu den Sittichvolieren vor. Das Herz schlägt höher, wenn er sich mit den Großen Alexander-Sittichen nahe dem Ziel wähnt. Aber weit und breit keine Chinapapageiin. Jahr um Jahr.

Und was passiert dem Häuflein DDR-Bergsteiger in den Anden? Die Gastfreundschaft der Chilenen, ihre Solidarität weit über den Bergsteigerverband hinaus war, sagen sie, überwältigend. Und immer auch eisiger Gegenwind. Die DDR-Chile-Expedition brauchte eine Ewigkeit, ihren sportlichen und wohl auch politischen Erfolg einzufahren Die Fünf- und Sechstausender der Anden, auch Feuerland waren aber nur das eine Problem. Da gab es den Botschafter Dr. Strack von der westdeutschen Vertretung. Der erwies sich als ein Teil von jener Kraft, die stets das Böse will. Wurde nicht müde, mit erbitterten Einsprüchen vor den kommunistischen Agenten zu warnen. –

In Rostock landen die Männer nach 300 Tagen an. Alle fünf, auch der kommunistische Agent Klaus N., der Eigenbrötler. Es ist Kalter Krieg, Muggi, freu dich dennoch einen Augenblick. –

Ein auch für die DDR-Oberen riskantes Angebot, in Ost und West im Austausch sechs angesehene Blätter frei zu verbreiten – von Walter Ulbricht vorgeschlagen sind *Berliner Zeitung, Neues Deutschland, Wochenpost* zu *Frankfurter Allgemeine, Süddeutsche, Die Zeit* – weist Herr Adenauer schroff zurück. Muggi, wie konntest du einen Augenblick daran zweifeln. Sich annähern? Verständigen?

Diese da wollen Unterwerfung, nichts sonst.

Der unverschämte Chruschtschow, Mugele gefällt er ja, der vor dem höchsten Völkerforum auf das Pult geschlagen und gerufen hat, dass China, und zwar die Volksrepublik, nicht die vorgelagerte Inselverwaltung, in die UNO und zu den fünf Veto-Mächten gehören muss, und alles mit dem Schuh gesagt, dieser Nikita Sergejewitsch war nun in Berlin zu Gast, dem Schaufenster des Sozialismus. Kann sich auch hier in kein Protokoll fügen, besucht, mit Ulbricht plus Rattenschwanz, das Warenhaus am Alex. In der Textiletage lässt er sich den Text auf den Frühlings bunten Fähnchen übersetzen: KLEIDE DICH NEU! Er wendet sich an den deutschen Parteiführer und sagt: »Ich weiß oft nicht, wie wir dem letzten Bauern und Fischer in Sibirien ein neues Stück Tuch überm Arsch garantieren – und was macht ihr hier, teure Genossen? Ihr fordert öffentlich zur Verschwendung auf.«

Ja, Muggi, so ist die Welt, der du dich verschworen hast.

Aber eines schönen Tages – Professor Ziegler ist abgelöst und hat sich in der Akademie der Künste neue Arbeit aufgeladen, Gott gebe ihm dort mehr Glück – spürt Konstantin, wie in sein Leben andere Prioritäten drängen. Vorsorglich hat er aus dem Wald ein Stück hohlen Eichenstamms gekarrt und in der Voliere als künftige Nisthöhle eingerichtet. Wer so dem Schicksal zuarbeitet, soll sich nicht wundern, wenn es eintrifft. Auf der Köpenicker Schlossinsel im Oktober ist eine Vogelschau, auch mit zwei Chinasittichen bestückt. Ein herziges Pärchen auf einem Ast, wunderlieb mit rotem und schwarzem Schnabel, eindeutig Psittaculae der Art Lord Derby. Wird sich nun endlich zu einem Koko aus Sichuan eine Cora aus Berlin gesellen? Konstantin ist außer sich vor Freude. Dabei vergisst er wieder einmal jegliche Vorsicht, wiewohl er doch jüngst erst in Strittmatters Kinderbuch Pony Pedro durchgespielt bekam, wie man sich bei einem Tierkauf verhalten sollte: kühl. Nein, aus Literatur lernt man kaum, auch aus der vorzüglichen nicht. Dem Züchter, also dem Herrn Keckebosch, nennt er seine Not.

»Nun ja, ein Weibchen hab' ich wohl noch. Kommen Sie morgen mal vorbei«, und lädt in die Köpenicker Allee, ein Haus mit Doppelnummer.

Anderntags betritt Mugele die Keckeboschne Papageienfabrik, Voliere an Voliere, eine lange Mauer entlang. Die Vogelschau gestern im Vergleich – armselige Veranstaltung angesichts so großer Pracht. Keckebosch will sich nicht recht erinnern, heute einen weiblichen Chinapapagei verkaufen zu wollen. »Na, wir können ja mal gucken.« Tatsächlich findet sich da eine übrig gebliebene Anwärterin. Dass sie dominant und zänkisch ist verschweigt er. Eher gnadenhalber gibt Keckebosch sie frei.

Der Vogel kostet so viel wie ein Ross. Nun nicht wie ein Rennpferd oder ein schweres Bauernpferd, aber so eins, das getreu ein Wägelchen ziehen kann und du darfst dann ausklingeln: »Brennholz für Kartoffelschalen«. Ein happiger Preis. Wie das Geschäft ausgeht, das ahnt ihr doch. Natürlich zugunsten des Lebensretters. Denkt Konstantin.

Bald herrscht im Papageiengehege der Mugeles eine Tyrannin. Nur einmal im Jahr, dem März zu, schöpft Konstantin Hoffnung: die beiden Vögel tanzen miteinander, sie staffieren die Nisthöhle aus, Cora brütet und brütet. Schließlich finden sich gar zwei Eier – aber die berühmte chinesisch-deutsche Zucht, von der Mugele sich so viel verspricht, findet nicht statt.

Ist Koko zu alt, Cora zu jung? Nein, Mugele du bist kein Züchter. Wär doch aber schön gewesen: In dieser verworrenen Weltsituation ein Stück heiler Kreatur. Aufstieg und Karriere – für Mugele uninteressant. Der Narr mit Sehnsucht nach Stille wünscht sich zum Papagei das dritte Kind. Eine Ausflucht?

Ein Ausflug. Fahrradtour durch liebliche Landschaft im zeitigen Frühjahrsregen. Am Ortsrand von Grünheide passieren die Mugeles ein Kinderheim. »Halt. Da gehen wir mal rein, nur so.« Isa reibt sich das Gesicht trocken. Fünfzehn, zwanzig Kinder im Rundtanz.

»Schön, dass wir Besuch bekommen«, sagt die Erzieherin und bittet die Mugeles in den Kreis. Dann Pause. Es gibt einen Plausch. Die Frau ist freundlich. Kinder hätte sie nicht zu vergeben. Da gäbe es einen langen, auch bürokratischen Weg, nebst Warteliste. »Sie beide sind auch nicht mehr die Jüngsten«, sagt sie. »Überlegen Sie es sich gut.«

Der Weg sei so weit er will. Neugierig sind viele der Kinder ob des Besuchs, aber ein Mädchen, ein blondes mit zwei kräftigen langen Zöpfen, vielleicht drei Jahre alt, setzt sich zu ihnen und verlangt Feuerwehr zu spielen. Gut, die Mugeles spielen Feuerwehr. »Und wie heißt du?«

»Jeannette.«

»Dürfen wir dich nächsten Sonnabend besuchen?«

Das Mädchen nickt. Die Erzieherin willigt ein.

Was sagen die eigenen Kinder zu einem künftigen Geschwisterkind? Peter, inzwischen Oberschüler und Baufacharbeiterlehrling, ist dafür, Renate, nun zehn Jahre alt, kann es vor Freude nicht fassen. Sie werden lange warten müssen. Als Jeannette ein nächstes Mal besucht wird, erhält sie eine Puppe und eine Handtasche geschenkt, pinkfarben. Aber das besagt nichts – alles gehört hier allen. Da ist bei einem weiteren Treff alles weg wie alles da. So geht das Frühjahr hin. Die Amseln füttern schon die zweite Brut.

Ein Sonntag kommt, das Plazet für die künftige Adoption steht bevor. Die kleine Jeannette, sie war es, die sich die Eltern gesucht hat. Nun soll sie das erste Mal zu einem Besuch geholt werden und bis zum Montagmorgen bleiben dürfen. Alle sind sehr aufgeregt, vor allem wohl Konstantin. Er soll das Kind mit dem Fahrrad bringen. Ein Fest soll es werden, Isa hat gebacken. Renate und Konstantin suchen schon am Morgen Blumen für den Begrüßungsstrauß. Auf Nachbars Zaun krallt sich ein Amselchen in den Draht, ein Ästling, schlägt aufgeregt mit den Flügeln, um Balance zu finden, kann bereits fliegen und traut es sich nicht.

Als Konstantin im Kinderheim anlangt, ist Jeannettes Bündelchen gepackt. Das Mädchen kommt zu Konstantin gelaufen, stolz: sie hat heute einen großen Ausflug, alleine, und das freut sie auch.

Andererseits: Wie wird das sein? Komme ich zurück? Mugele verstaut das Bündel hinterm Rücksitz. Das Mädchen aber, plötzlich, will nicht mitkommen. Was hemmt sie? Ich weiß nichts von dir, denkt Mugele, nichts von deinen Eltern und euerm Schicksal, aber du, Liebes, sollst da raus.

»Weißt du, Jeannette«, sagt er, »alle freuen sich, dich heute zu treffen. Isa, du kennst sie ja, hat dir einen Kuchen gebacken ...«

Das Mädchen schüttelt den Kopf.

»Auch Renate und Peter erwarten dich, sie wollen mit dir spielen.«

Jeannette schüttelt den Kopf.

»Habt ihr Buntstifte und Papier?«, fragt Konstantin.

Das Mädchen zieht den Mann ins Haus zurück und bringt das Gewünschte.

»Ich hab es fast vergessen, wer noch dich sprechen möchte. Heute. Ich male ihn dir auf. Es ist ein großer grüner Papagei aus Peking. Und du malst ihn aus. Ja, mit dem grünen Stift. Und der Schnabel ist rot.«

ISBN 978-3-945187-40-1

Titelblatt: Karl-Heinz Appelmann
Rücktitel: Robert Allertz
Druck und Bindung: Sowa Druk, Polen

Die Bücher des verlags am park und der edition ost werden
von der Eulenspiegel Verlagsgruppe vertrieben

12,99 Euro

www.edition-ost.de